娘子出任務

上

莫顏 著

文創風 1286

風文創 1286

目錄

序文

寫這套故事時已經西元二〇二四年了，時間過得好快，記錄一下。

老讀者應該都知道，莫顏喜歡把小說裡的「序文」或「後記」當成日記來寫，記錄一下每個人生階段的點滴。

二〇二四是個不可思議的數字，Why？因為二〇二四距離我第一本小說上市的一九九九年，已經二十五年了。

二十五個年頭過去，世界變了很多，現在回想起來，覺得人生確實如戲，回憶過去，就像在看故事一樣。

莫顏曾經有個小願望，希望有一天可以住在山明水秀之地，跟大自然相處，安靜又簡單，就像古代隱士找個地方隱居起來，有空時就跟三五好友聯絡，好友不必多，貴在精，只要志同道合就行了。

一直挺嚮往隱居的生活，但也只是想一想，因為習慣了都市的便利，要住在山林裡有困難度，哈。

不過緣分就是這麼奇妙，小說一年一年地寫，生活一年一年地過，過去曾經不小心許的願，現在居然成真了！

去年因緣際會，搬到了新的居住地，這兒遠離塵囂，山明水秀，偶爾清晨起來還可以看見雲海，挺奇妙。

現在的生活除了寫稿、看書，就是種種花草、整理環境，拿著手機幫小動物和昆蟲拍照。猴子是常客，附近有仙桃樹，所以幾乎每天都可以看到猴群來摘仙桃吃，因此恍然大悟，原來猴子偷仙桃的典故是這樣來的。

除了各種美麗的昆蟲和蝴蝶，偶爾還會看見穿山甲來附近遛達，我用手拍拍牠的背，牠一點也不怕，看了看我，知道沒有危險性，牠就繼續逛，然後回到山林去。

目前我也在試種荷花，去年實驗性質地把三盆小小的荷花丟入山林蓄水池裡，全部淹沒在水面下，我打算放養它們，誰知過了一年，今年荷葉全部冒出水面，荷花開了好幾朵，讓我驚喜不已，生命果然會找出路。

突然想到，以前曾經許的願：以後隱居在山明水秀之地，過著耕讀的生活。現在發現不知不覺，我竟已經邁向這樣的人生了。

今年的願望很簡單，就是希望繼續寫小說，不過因為接了新工作，因此目前正努力兼顧寫小說和新工作，希望兩者之間能找到一個平衡點。

現在已經適應新居地，也習慣了新的工作，可以學習新的東西，很有趣，因為跟我以往的生活是一百八十度的不同。

總之，目前就是隱居寫稿、耕讀、學習新事物，開始全新的人生旅程。

最後祝大家身體健康，平安就是福，世界和平！

下回聊，哈！

第一章

馬巍坡是南來北往和出關前的必經之地，這裡水草豐盛，又有河水匯聚，許多商隊到了這裡便會休宿一夜，讓馬兒補充吃食。

對盜匪來說，這裡也是最好的搶奪之地，但自從朝廷在這裡設立驛站、派兵駐守後，盜匪就不敢妄動了。

盜匪不來，但刺客未必。

虞巧巧是江湖刺客，還小有名氣，一身輕功爐火純青，江湖上人稱「黑爺」。

為什麼要取這麼爺兒們的綽號？當然是為了隱藏，因為她可是朝廷通緝榜上主要緝拿的人物之一。

「報！阿誠回來了！」

虞巧巧一個拳頭敲在阿立的頭上。「說了多少次，用代號！」

阿立抱頭悶哼一聲，連忙改口。「是、是竹子回來了。」竹子是阿誠的代號。

一抹黑影從樹上跳下來，匆匆來到跟前，正是前去打探的阿誠。他看了阿立一眼，知道他挨打了，扯了個幸災樂禍的笑。

「報！車隊到了。」

「多少人？」

「五輛馬車，每輛車配有七個護衛。」

虞巧巧點頭。「總共三十五個護衛。」

阿誠和阿立互看一眼，對於虞巧巧如何這麼快就算出人數，一直感到不可思議，只知道她的算數向來很好，並且精準。

「不止呢，加上車隊前後壓陣的人馬，估計有五十多個護衛。」阿誠頓了頓，又說：「五十個護衛對一支商隊來說算多了。」

虞巧巧咧開賊笑。「奸商一向怕死。」

她這次的任務是刺殺奸商的兒子。

奸商名叫杜守財，財大氣粗，家中小妾成群，作威作福慣了，通常上梁不正下梁歪，老爹有錢，兒子就成了紈袴子弟；老爹好色，兒子也有樣學樣，欺男霸女，最後終於出事了。

杜守財的兒子杜成才欺辱了崔家的姑娘，姑娘上吊死了，崔家兩老告官不成，因為杜守財有錢，買通官府，官老爺說崔家姑娘上吊與杜成才無關，判他無罪。

崔家兩老不依了，賣掉所有田產，花錢找上虞巧巧，一定要杜成才的命。

虞巧巧便接下了這筆生意。

「咱們現在動手嗎？」阿立問。

到驛站之前，南來北往的車隊都會在馬巍坡休息，讓馬兒吃草喝水，吃完才會繼續趕路，若不在此時動手，商隊就要離開了。

「當然要動手，咱們已經在這裡埋伏三天了。」阿誠只想趕快做完這一票，去青樓找個姑娘睡一覺。

大夥兒等著虞巧巧下指令，見她還在思考，阿立提醒一句。

「驛站有官兵駐守，咱們不好動手，這裡是最佳地點。」

能不跟官兵動刀子最好，省得日後有麻煩。

虞巧巧本來就是這個打算，才會帶領大夥兒在此等了三天三夜，只不過她眼皮莫名其妙突突地跳，令她頗感不妙。

她太清楚刺客這個職業的風險了，骨子裡是現代人的她，幹的行業也跟刺客差不多。

穿越到古代之前，虞巧巧是情報人員。

她畢業於警察學校，受過精英武術訓練，是特勤單位重點培育的對象。

她年輕貌美，人又膽大心細，敢拚敢衝，最後被中央情報局收編，在一次國際聯合行動中，為了抓南美大毒梟，她自願去臥底，卻在槍戰中死了。

這一死，就穿越到古代。

雖然穿到了古代，但她骨子裡仍有情報人員的敏銳，獵物就在眼前，她只需一個口令，大夥兒都會跟著她殺出去，偏偏這時候眼皮猛跳。

虞巧巧會猶豫不決，是因為眼皮跳動勾起了她前世死前的回憶。

在那次抓捕毒梟行動前，她的眼皮也是突突地跳。

她向來行事果決，當機立斷，從來沒有猶豫這麼久，阿立不免奇怪。

「大姑娘，妳怕啦？」

一個拳頭立即不客氣地往他頭上招呼。

「說了多少次，出任務時叫我美人，回到桃花莊就叫我莊主，在虞家時才叫我大姑娘！敢叫錯？找死啊你！還有，你哪隻眼睛看見我怕了！」

說起虞巧巧的身分，其實有三種——黑岩派掌門黑無崖、桃花莊莊主、虞家大姑娘。

雖然她是刺客頭兒，不過當他們集體出任務時，她不准任何人叫她黑無崖或是黑爺。

黑無崖或黑爺只是對外的招牌，是用來打廣告的，況且江湖上都以為黑爺是男人，朝廷通緝的也只是黑無崖這個人。

她捏造一個黑無崖的身分就是為了混淆視聽，擾亂官府的偵察方向。

出任務時，更是規定大家用代號。

試想，若是大夥兒叫她黑爺或黑無崖，豈不擺明了告訴警察槍靶子在哪？

當然不行！

舉凡「頭兒」、「老大」、「首領」、「當家的」、「黑爺」等稱呼，在出任務時，她是絕對禁止手下這麼叫她的。

誰叫錯，她揍誰！所以阿立吃她一記拳頭是活該！

阿誠搗著嘴笑他，阿立摸摸頭傻笑，被打也不在乎，他只是嘴笨，但人不笨，阿誠不懂，大姑娘打他的頭，代表大姑娘當他是自己人。

他和阿誠本是街上的小乞兒，是大姑娘給他們飯吃，讓他們有屋子住、有床睡，現在還帶著他們發財。
「美人，那咱們要不要動手？」
虞巧巧把心一狠。「當然要動手，咱們等了三天，可不是來喝西北風的。」
不會這麼巧的，她就是不信邪！
眾人隨著她的指示，全都打足了精神，悄悄向車隊摸了過去。
此時車隊已經停下，在一排樹蔭下歇腳，一旁就是水源，馬夫解開馬兒身上的韁繩，讓馬兒去喝水吃草。
除了幾名護衛在四周巡視，其他護衛或坐或躺，隊形十分鬆散。
這是最佳的突襲時機。
眾人等著虞巧巧的手勢，蓄勢待發，準備拿刀殺出去，但她卻是舉手給了一個停止前進的指令。
眾人十分不解。
虞巧巧不僅眼皮跳得厲害，連心臟都跳得難受。
這不太尋常！
「通知所有人先待著，我先去打探，等我指令。」丟下命令後，她隻身一人往前摸去。

阿誠和阿立很想跟去，但是大姑娘軍令如山，他們不敢不聽，只好傳話下去，讓大夥兒先按兵不動。

看著大姑娘沒入叢中的身影，阿誠咬了咬牙。「大姑娘會不會太謹慎了，不過是支商隊罷了。」

他已經打探這支商隊好幾日了，沒見到可疑的武林人士，護衛都是些普通人，頂多就是會拳腳功夫的武夫罷了。

「要叫美人。」阿立更正。

「喲！」阿誠嘿嘿笑道：「現在就記得了？」

「美人眼光向來敏銳，她若覺得需要再探探，那肯定有必要。咱們的富貴都是她給的，要相信她。」

「嘖，我當然相信她，不過就是好奇問問罷了。」

在他們兩人低聲說話的工夫，虞巧巧已經摸到商隊附近。

有三三兩兩的護衛正在說笑，還有些人坐在地上打盹，就算是負責巡查四周的護衛，也只草率地看了眼四周，無聊時偷摸一壺酒出來喝個幾口。

看起來就是很普通的商隊。

虞巧巧眯著眼，搜尋獵物，尋找要狙擊的目標。

想到此，她就不免咬牙遺憾，要是有一把槍就好了，哪需這麼費事！

沒瞧見目標，只好找個人問問，正好有個倒楣鬼送上門。

她悄悄摸向一名落單的護衛，拿出一把匕首摸上前，趁其不意，掃腿、放倒、壓制，刀刃抵住對方的脖子。

這一連串動作，她只用一秒完成。

「杜成才人在哪？」她冷聲質問。

對方呆住了，彷彿尚未反應過來。

「杜成才在哪？快說，不說就殺了你。」

對方終於回過神來，卻是不答反問。

「妳剛才用的是哪家門派的功夫？」

虞巧巧聽了，一點也不意外對方會這麼問。

自從來到古代後，她這一手現代搏擊術已經讓不少古代男人驚訝，第一個反應就是問她師承何人？或是出自哪個門派？而她也早就有了一套官方回答。

「黑岩。」

黑岩即是她刺客組織的名號。

做生意總要設間公司，想在道上混，就要有個名號，不然生意如何找上門？這幾年的經營，她在江湖上也闖出了點名氣，幾個響噹噹的刺客組織中，黑岩也占了一席，相信對方一定聽過。

「黑岩？妳是門主黑無崖派來的？」

虞巧巧嘴角彎起，不得不說，自己創立的公司能被人識得，還用一副驚訝的口吻報出她的名號，還是頗感得意的，連一支小小的商隊護衛都知道她黑無崖，表示她經營成功。

「沒錯，我是黑無崖派來的，告訴我杜成才在哪，我可以饒你不死，黑岩只殺該殺之人，不相干的人不殺，除非……」她的聲音靠近他耳邊，警告之意濃厚。「若是阻礙我辦事，也只好殺了。」

區區一個商隊護衛，加上隊形如此鬆散，通常是花錢從外頭雇來充人數的，這種人也只是來賺錢，不會捨得犧牲自己的小命。

「妳只有一人，我們有五十人，妳打不過的。」

虞巧巧嗤笑一聲。「人多又如何？外表看起來滿像一回事，實際上大都是花架子，不堪大用。我跟你保證，一旦那些人發現打不過，為了保住小命，肯定先跑。」

男人嘆息。「妳說得對，那五十個護衛確實不堪大用，嚇嚇一般土匪還行，遇到真正的高手時，根本不頂用。我勸過杜守財，多花些銀子聘些實在的，花銀子消災嘛，命都沒了，留了大筆錢財，最後還不是被他那不成才的兒子敗光。」

虞巧巧樂了。「呵，原來你也知道他兒子不成才啊。」

「是啊，吃喝嫖賭樣樣來，花他老子的銀子，出事了就讓他老子幫忙收拾善後，這回鬧出人命了，就躲回他老子的窩，我要是他老子，直接閹了他算了，可惜老子也是這副德行，真所謂不是一家人，不進一家門。」

虞巧巧從來不跟敵人聊這麼多廢話，不過這廝說話中聽，觀念也挺正的，令她頗生好感，讓她願意跟他多聊聊。

如果可以，她也不想殺無辜之人，她來到古代幹刺客這行業，也是有她的原則，只殺該殺之人。

懲奸除惡順便賺銀子，養活一家子手下，幹一票就可以休息很久，挺划算。

「既然你也知道杜成才該死，就別枉送小命。這樣吧，你告訴我他藏在哪輛馬車裡，我留你活路，等會兒刀光劍影的，你儘量躲遠點，別傻傻的為了個小人犧牲，不值得。」

怕對方還猶豫不決，她繼續強調。

「今日就算我不殺杜成才，也會有別的殺手來殺他。人命關天，杜成才害死一條人命，一命抵一命，逃不了的。」

對方顯然終於被她說服了。

「妳說得沒錯。」

虞巧巧彎起嘴角，正要誇他識相，男人又補了一句。「所以杜守財聽進我的勸告，花了大筆銀子聘用高手。」

虞巧巧一愣。「誰？」

「我。」

說時遲那時快，被壓制的男人如猛虎出柙，暴彈而起，一個翻身，反將她壓制在下，兩人就此打了個照面。

劍眉星目，目光如刀，男人像一頭黑豹直直盯住她。「我就是他雇來對付你們的高手。」

虞巧巧大驚，難怪眼皮猛跳，果然有事！

男人的力量大得驚人，她被壓制住，竟一時脫身不得。

「我乃六扇門捕快，告訴我黑無崖在哪，我可以饒妳不死，六扇門只抓該抓之人，不相干的人不抓，除非……」他的聲音靠近她耳邊，警告之意濃厚。「若是阻礙我辦事，也只好將妳拿下。」

同樣的話，他全數還給她。

虞巧巧真被他驚到了，一是吃驚他的身分，二是吃驚他的實力。

六扇門專辦大案子，專抓朝廷欽犯，連江湖各大門派也忌憚的機構，相當於現代的中央情報局。

若沒有極好的功夫，不可能進得了六扇門。

一個被壓制在身下的人，若想掙脫開，反過來壓制對手，除非具備搏鬥實力和擒拿技巧，否則只能靠爆發力。

這男人靠的就是爆發力，在她完全堵死對方所有可能反擊的機會時，這種角度還能掙脫，只有百分之一的異類能做到，若是普通人，除非他不要胳臂了！

喀嚓！

男人將脫臼的胳臂裝回去，揉了揉，動了動，胳臂還是好的。

「……」這男人不僅是專辦大案子的高官刑警，還是百分之一的異類。

「妳身手不錯，能夠把我壓倒在地的人不多，妳算頭一個，有這麼厲害的手下，可以想見黑無崖的身手肯定更好，有機會我一定要跟他切磋切磋。」

這位先生，你已經切磋過了。

虞巧巧暗自慶幸自己掩蓋了黑無崖的身分。

江湖上的人一直以為黑無崖是個男人，她為自己的遠見點個讚。

不過，在知道此人與自己是同行後，她對他的敵意頓時消滅不少，畢竟她心中仍保留了身為警務人員的正義感。

「說，黑無崖在哪？我一言九鼎，妳若告訴我，我便放妳走，我的目標是黑無崖。」

虞巧巧故作害怕。「我真不知道，黑爺向來神秘，從不在人前現身，其實我也不是黑岩的人，只是衝著賞金來的。」

于飛挑眉。「只有妳一人？」

「是啊，杜家不是什麼高門大戶，也不是江湖人士，杜成才也只是個好色之徒，殺他既不會引來報仇的人，又能發財，何樂而不為？哪知道他身邊有您這樣的高手，官爺行行好，放我走吧，這賞金我不要了。」

男人沒說話，彷彿在思考她話中的真假。

虞巧巧則飛快地轉著腦袋，想著脫身之計。

突然，男人摸出了一把刀，對準她的眼睛。

「既然妳不說，只好來硬的了。」話落，刀尖對著她的眼睛就要刺下。

哇靠！他來真的?!

「等等！」

「嗯？」

「我說！」

于飛笑了。「總算識相。」

「你先讓我起來。」

「不行。」刀子滑到虞巧巧的臉上，拍拍她戴著蒙面黑布的面頰。「別耍花樣，我數到三，再不說，就挖妳一隻眼。」

媽的，這男人是個狠角色，不好糊弄，她剛才對同行生出的好感立即降為零！

「一。」

今日出師不利，她決定落跑。

「二。」

她猛然口噴鮮血。

男人驚訝閃避，滾到一旁，抬起的雙眼暴出精芒，緊緊盯著女人，就見她身子抖如篩糠，兩眼一閉，忽然不動了。

男人擰眉，心中生疑，仔細打量她一會兒，似乎已無氣息。

他伸手欲扯下她的面罩，頓時愣住了。

面罩之下，還有一個面罩。

他忽感手掌一麻，驚異之下，立即丟開面罩，他知道自己中計了，但已然太遲，麻意頓時襲身。

看似吐血而亡的女人突然死而復生，跳起來跑了。

想跑？

男人冷哼，身子雖麻，但還能動，抬起的手臂對準女人的背影，按下袖箭機關，連發射出。

女人一個趔趄，滾下山坡。

中了。

于飛這才盤腿而坐，點了身上幾個穴位，封住經絡，調息吐納，運功逼毒。

不知這是什麼毒，竟擴散得如此快。

大約半盞茶的工夫後，他睜開眼，全身汗水如雨，濕透了衣，但身子能動了，他立即起身去追。

順著女人跌落山坡的足跡往下找，足跡還在，人卻消失了。

于飛用耳朵仔細聽，又用鼻子嗅了嗅，聽不到她的氣息，聞不到她的味道，在附近四處搜索，確定無人後，他爬上坡，走回兩人打鬥的地方，蹲在地上，伸出食指抹起地上一灘血，在鼻下聞了聞。

雞血。

他笑了。

雞血，兩副面罩，毒。

這狡猾聰明的女人！

他將兩指放在唇邊，吹了個口哨，過了一會兒，鍾泰和石錦趕了過來。

「于哥！」

「去追刺客，一個女的，中了我的暗器，應該跑不出方圓一里。」

「是！」

鍾泰和石錦一左一右分作兩路包抄去追，兩人走後，于飛又繼續坐下，閉目運功。

他倒要看看，是他運功逼毒得快，還是她逃跑得快，若能飛出他的手掌心，算她厲害。

第二章

虞巧巧好歹曾是優秀的情報人員，在關乎生死的時刻，擁有數次用計成功逃脫的經驗。

她確實中了暗器，一根毒針扎進她的屁股，害她兩腿一麻，滾落山坡。

她知道自己跑不遠，幸虧那男人也中了她的麻藥，一時追不上，她必須抓緊時間，把自己變不見！

是的，變不見。

魔術師要變魔術前，必須先準備好道具，她爬向自己事先藏在附近的道具——一片長了雜草的土坯，背貼岩石的凹縫處，身子一縮，把土坯往自己身上一蓋，立即融入地形中。

從外觀上看，就只能看到岩石旁長了雜草而已。

地面的震動告訴她敵人正在接近中，她立即停止呼吸。

她該慶幸自己準備的道具不只能將她隱藏，還能隔絕她的氣味，否則以于飛異於常人、如野獸般靈敏的鼻子，定能嗅出她。

虞巧巧一直躲到天黑，才在阿誠和阿立找來時現出身形。

虞巧巧是被阿誠和阿立輪流揹回桃花莊。

「那是什麼毒？」她趴在軟榻上，咬牙切齒地看著坐在她對面的梅冷月。

梅冷月剛剛才從她的屁股上拔出一根黑針，而她下半身到現在還是沒有知覺。

梅冷月細細打量後，給了答案。「此毒不會致死，而是讓人動彈不得，中了此毒，一刻鐘內便會倒地不起，中毒者全身僵硬，但腦子清醒，僵硬是為了方便抓捕，腦子清醒則是方便拷問，這是六扇門常用的暗器。」

說了一堆，虞巧巧只關心一件事。

「快點幫我解毒。」

梅冷月轉頭瞟她，原本趴在床上的女人因為立起上半身，毯子滑下，露出了一截屁股。

一旁伺候的青青、柳柳和圓圓驚得倒抽一口氣，趕忙上前將毯子蓋回去。

虞巧巧屁股還疼著呢，被這三人手忙腳亂地一碰，火氣都來了。

「疼死我了，幹什麼啊？」

「莊主，毯子會掉。」

「怕什麼？泠月又不是外人！」

泠月不是外人，但他是個男人啊。

三名美人侍女羞都羞死了，而她們的莊主絲毫不以為然，指著梅泠月理直氣壯地大聲道：「他是大夫，我全身上下的傷口都給他看過、摸過了，露個屁股又算什麼？」

有哪個女人屁股被瞧見了，還能這麼面不改色？唯獨她們的莊主虞巧巧是也。

不，還有一個人。

青青、柳柳及圓圓偷偷瞟向梅泠月。

儒雅清俊，清冷自持。

不愧是江湖人稱的冷面神醫，始終面不改色。

她們不知道，梅泠月之所以對虞巧巧的屁股視而不見，除了本身性子冷淡之外，還有一個原因，就是他沒把虞巧巧當女人。

梅泠月慢條斯理地道：「中了這黑針會令人四肢僵硬，妳當時是怎麼逃過他的耳目？」

說到這個，虞巧巧笑得賊乎。「我自然有我的辦法。」保持高深莫測是上位者的必備條件，這種事說破了就不稀奇。

所以她才不說呢！

梅泠月知道她向來聰慧，而且不按牌理出牌，便不再追問，將黑針放在一塊布上，包好。

「他們要的是活口，妳命大，沒被他抓到，否則現在已經在六扇門裡受拷刑了。」六扇門有各式各樣的拷問刑罰，鮮少有人能忍受。

「妳這幾日先養傷。」

「喂，別走，你還沒幫我解毒呢！」

梅泠月回頭，幽幽地回答。

「此毒無藥可解，毒效只有三日，三日後，自然可以下地走路。」

虞巧巧不敢置信。「你的意思是，我要在床上躺三日？」

「正是。」

開什麼玩笑！她氣得捶床。「你不是神醫嗎？怎麼連六扇門的毒也不會解，你該不會是冒牌的！」

「冒牌」這個詞，梅冷月和三名侍女都沒聽過，但是跟虞巧巧相處久了，多少可以猜出意思，這女人常常會冒出一些他們聽不懂的詞。

「此毒無藥可解，是因為它不需要用藥，只要找個人吸出來就行，只不過……」

「不過什麼？」

他彎起唇角，笑得意味不明。「那個幫妳吸出毒液的人，會有三日上半身動不了，妳挑個人吧。」

虞巧巧瞪大眼。

找個人吸出來？三日動不了？

她調轉目光，直勾勾地盯著屋內三個小美人，也就是她的侍女青青、柳柳和圓圓。

三人被盯得頭皮發麻。

虞巧巧咧開了笑，朝她們勾勾手指頭。「妳們三個過來。」

三人彼此看了一眼，這才戰戰兢兢地上前。

「妳們也聽到了，冷月說，需要有個人幫我把毒吸出來。」

三人臉色明暗不定，瞟了彼此一眼，心思各異。

虞巧巧假裝沒看到她們臉上的掙扎。「當然，我也不是那麼不通情理，總不能逼妳們，最好是心甘情願的，所以啦，有誰自願？」

三人又看了彼此。說真的，她們還真怕，不願，就是對主人不忠；願意，三日上半身動不了。

上半身動不了是什麼感覺？簡直不敢想像。

青青把牙一咬，豁出去了。「我願意！」

一旁的柳柳聽了可不依。「不，我來好了！」

兩人都自願了，圓圓當然不能落後。「不行，還是我來吧！」

「喂，是我先說的！」

「這種事不是誰先說就贏了，要看能力，我比妳們兩個細心。」

「這跟細心有什麼關係？得靠嘴，要花力氣的，我力氣大。」

「不行，這事我做定了！」

「妳別跟我搶啊！」

「妳們兩個都不行，我最合適！」

三人妳推我攔的，看得虞巧巧一臉感動，對梅冷月道：「瞧，我這三個美人多賢慧，搶著幫我吸毒呢。」

梅冷月回應她的是淡漠的眼神。

三人吵不出個結果，最後齊齊跪在莊主面前，可憐兮兮地抬頭。

「莊主，青青的命、青青的富貴都是您給的，莊主有難，青青自當為您分憂解勞。」

「莊主是柳柳的恩人，柳柳知恩圖報，欲為莊主解毒，以報您的恩情。」

「只要莊主開口，圓圓自當為您效犬馬之勞，請您恩准。」

三人一開口，就是爭著要幫她解毒，虞巧巧哎呀一聲。「三人都搶著要幫我，冷月，你說我挑誰好呢？」

梅冷月神情冷漠，淡然地丟下一句。「隨妳。」說完便轉身出了房門，留她自己一人去決定。

虞巧巧擺擺手。「罷了罷了，不用妳們解，反正我躺三日，毒效自動消失。」

三人聽了一愣，又看了彼此一眼，水汪汪的美眸裡水潤水潤的，盡是感激。

「莊主……」

「好了好了，放心，我皮糙肉厚，就這麼趴著吧。」見三人還在忐忑不安，她笑了笑。「退下吧，有事再叫妳們。」

三名美人這才緩緩起身，抹抹淚，一臉感激涕零，退下時還十分不捨。遣散了所有人，虞巧巧正想閉目養神，忽聞有人掀簾進來。

她半睜眼簾，瞧見來人時，不禁挑眉。

「菁兒，有事？」

菁兒跪在她床前，認真道：「莊主，請讓菁兒幫您把毒液吸出來。」

虞巧巧一愣，接著笑了，一手撐腮地打趣她。「妳可知道，這麼做會有三日上半身動彈不得。」

「知道。」

「不怕？」

「不怕。」

虞巧巧眨眨眼。「上半身動彈不得，換言之，就是口不能言、眼不能閉，整整三日哪，妳受得了？」

菁兒毫不猶豫地說：「我行！」

見她一臉堅毅、毫不退縮的神情，虞巧巧欣慰地笑了，她伸出手，摸摸這張帶有暗色紅斑的臉。

看起來很嚇人，但虞巧巧卻覺得很可愛。

「傻菁兒，我知道妳心意，我也心領了，但是我不允。」

菁兒皺眉。「莊主——」

「噓……」一根食指輕輕抵住她欲回辯的唇，虞巧巧俏皮地朝她眨眨眼。「我不允。」聽似玩笑，卻含著堅定且不容反駁的命令。

菁兒緊緊抿著唇，不服氣又委屈。

「莊主要她們三人自願，卻拒絕菁兒，是嫌棄菁兒嗎？」

虞巧巧聞言又笑了，撐腮歪著頭道：「傻菁兒，我若是嫌棄妳，就不會讓妳貼身伺候了，既然讓妳可以隨意出入我的房間，便是將妳當作我的人，明白嗎？」

菁兒聞言，擰緊的眉頭便鬆開了，眼中放光，隨即想到什麼，似是下了決心，正色道：「莊主，我知道您不喜人嚼舌根、造是非，但我還是想提醒您，她們三人並非真心想幫您解毒。」

「我知道啊。」

菁兒驚訝。「您知道？那為何……」

「我故意逗她們的。」

青青、柳柳和圓圓這三個美人是虞巧巧因緣際會帶回來的，名義上是她的侍女，但虞巧巧更像是把她們當寵物養。

虞巧巧喜歡欣賞古典美人，她們不僅長得美，哭起來更美，我見猶憐的，軟軟柔柔、嬌嬌滴滴的，看著賞心悅目。

虞巧巧來自現代，因此對這個世界始終抱持著過客看戲的態度，就當作是來玩一場。

她在現代的職業，讓她隨時處在爾虞我詐和緊繃高壓的世界裡，她接觸的都是高科技的技術，面對的更是陰險複雜的人性。

直升機、遊艇、水上摩托車，她都玩過。

賭場、高級私人俱樂部、豪華宴廳，甚至是下流的聲色場所，她都出入過。

或許是過慣了在生死邊緣掙扎的生活，時常處在腎上腺素上升的緊繃節奏中，突然穿越到了古代，一切步調都慢了下來，面對這個原始又百般無聊的世界，她決定改變過日子的方式，對這個原始的世界抱著遊戲的心態。

在古代，她沒有上司，沒有需要交代的任務，不必再對自己的情報單位負責，也脫離了密探的身分。

她不必擔心仇人追殺，也不必擔心被人監控，她可以重新開始，因此她選擇創業，自己當老闆，想怎麼做就怎麼做。

收了三名美人當寵物，不過是娛樂罷了。

看著三名美人為了在梅冷月面前求表現，極力塑造自身賢慧忠貞的形象，虞巧巧覺得有趣極了。

男人和女人之間的那點事，她很清楚。青青、柳柳和圓圓這三位美人正值花朵般的年紀，遇見了溫文儒雅中又帶著清冷的神醫，男人散發的性感激發了她們的女性荷爾蒙。

當著梅冷月的面，她們自然要極力展現自己美好的一面，而她，就是在旁邊看戲罷了。

三日無法下床，對她而言根本是小case，她在現代出任務時，受的傷比這個更嚴重，只可惜那些代表戰利品的疤痕，都留在現代的身體了。

她回想自己穿越過來時，這具叫做虞巧巧的身子才十歲，如今二十歲了，以古代的觀點來看，是個未嫁的老姑娘了，可是對她來說，卻是才剛剛成熟的青春肉體啊。

這具身子被她鍛鍊了十年，不管是肌力或體能、速度和反應，都已經符合她的標準。

在古代當個行俠仗義的刺客，非常符合她的生涯規劃。

閒暇之餘，養養寵物、逗逗美人和帥哥，也是她調劑精神的方式。

目前，她的刺客公司員工名單如下：

家庭醫生：梅冷月，一名。

美人寵物：青青、柳柳、圓圓，三名。

貼身侍女：菁兒，一名。

刺客員工：阿誠、阿立等等，共十五名。

公司不大，也算有個規模了，她這個老闆當得也很愉快。

「總之——」她笑咪咪地捏捏菁兒的臉龐。「我根本不需要別人幫我承受這個傷，妳就負責幫我端茶水、捶捶肩、捏捏腿，打理我的起居就行了，這種事還是妳做更令我舒服點。」

菁兒點頭。「我明白了，菁兒一定仔細伺候，讓莊主舒舒服服。」

「乖，這才是我的好菁兒，我要洗浴，妳去準備吧。」

「是。」得令後的菁兒，人也輕快多了，轉身立即去打理。

菁兒出了房門後，虞巧巧便收起笑容，細細回顧。

「六扇門……」她瞇著眼，這是她頭一回跟六扇門的人對上。

那男人的功夫十分厲害，虞巧巧倒是沒想到，杜家父子竟花錢請來六扇門的人。

有官府介入，這事就棘手了。

虞巧巧打了個呵欠。

不管了，反正三日動不了，先休息個三日再做打算。

六扇門。

屋裡，于飛正舉著一根黑針細看。

這是他頭一回抓人犯失利。

人手都布局好了，對方也不是什麼難纏的人物，不過是個以殺人為主業的江湖刺客，本以為萬無一失，逮著人犯，上銬帶回去交差，就沒他什麼事了。

沒想到，這名女刺客在中了他的暗器後，竟然還能逃走？

于飛在六扇門當差四年，從沒遇過這種事，他甚至懷疑是這根黑針出了問題，才沒將對方麻痺。

能被提拔進六扇門的都有其能耐，他靠著自己的能力一步一步往上爬，憑自己的實力進入六扇門。

當差四年，他破了不少大案子，建了不少奇功，在江湖上，還得了個「笑面虎」的外號。

當初，他本是瞧不起杜家這種小案子，還是因為杜守財的夫人走後門求他娘，讓他娘出面說情，加上杜守財送的金元寶確實可觀，他若不賺，別人也會賺，便順口答應了。

杜守財的兒子杜成才是什麼貨色，手下送來的消息上寫得清清楚楚。

于飛辦案經驗豐富，像杜家父子這種人渣花大錢保命，頂多只能買個幾次，江湖刺客拿錢取命，這次取不了，下次再來取。

他只打算保他們一次，趁他們被取命前賺他一票。

就因為這個簡單的想法，所以他接了這案子，也認為自己肯定能抓到人。

誰曉得，那女人神通廣大，居然在他手中溜了。

黑針已找人驗過，淬乾的毒液還在，他的藥師告訴他，黑針的毒性一點未少，能毒倒一頭大野熊。

他射出五根毒針，找回四根，代表中了一根，足以讓她倒地三日不起。
于飛摸著下巴沈思。「在那種距離下，能躲過我暗器的人不多哪……」她到底是怎麼逃掉的，疑點成謎，只能日後有機會再查了。
如果有機會的話。
「于哥。」鍾泰來到他身邊，朝另一頭努努嘴。「他們來了。」
于飛這才收起黑針，朝鍾泰指的方向看去，就見以薛凌東為首的一夥人正朝他這裡走來。
今日是刑部大人召見的日子，六扇門的捕快全都聚集過來。
薛凌東一夥人接近時，瞧見于飛等人，勾起了笑。
「于兄，聽說你在辦杜家的大案子，這回出師不利哪。」
杜家的案子根本談不上大，這分明是嘲諷。
于飛聽了，僅是笑著抱拳。「薛兄的消息可真靈通。」
「好說。今早杜家人送禮來，怕于兄接不了這大案子，因此要咱們幫忙，呵，那杜老頭出的手筆可真大。」
于飛的手下一聽，全都沈下了臉，唯獨于飛依然保持笑容，還頗驚喜道：「哦？那得恭喜薛兄了，杜家出手確實大方，小弟不才，沒能耐抓到人，相信薛兄出馬，必定馬到成功。」

薛凌東故意將此事提出，就是要損于飛的面子，好讓大家知道，他于飛辦事不力，連這種小刺客都抓不到。

薛凌東與于飛向來不合，兩人暗中角力已久，各有各的支持者，在辦案時，兩方人馬也是暗自競爭。

近來于飛辦了幾件大案子，立下的功勞已經隱隱勝過薛凌東，風頭壓過他，早讓薛凌東懷恨在心。這回于飛出馬失利，被薛凌東逮著機會，不乘機挫挫對方的銳氣怎麼行。

于飛被他嘲諷也不生氣，反倒送上祝賀，並大肆稱讚。

薛凌東等人只當他是強撐面子罷了。

「不好意思哪于兄，本來這案子是你的，照理咱們不該介入，但是杜老頭就這麼一個獨子，天天哭著上門求我，我於心不忍就答應了，你不會怪我搶了你的案子吧？」

「當然不會，有薛兄接手，小弟感激不盡，相信薛兄很快就會抓到刺客，依我看，一個月……不，半個月內，必定逮到人。」

薛凌東卻道：「那種小刺客，不必半個月，十日內，我就會將人逮捕歸案。」

于飛立刻拱手。「那就有勞薛兄了。」

「好說。」薛凌東笑道。

此時有人來報，刑部大人已經議完事，召眾人入內。

于飛讓道，伸手示意。「薛兄請。」

薛凌東也不客氣，領著自家人馬越過他們朝內走去，一行人趾高氣揚地對他們嗤之以鼻。

待他們遠去，一旁的鍾泰等人憋了一肚子氣，低聲咒罵。「什麼玩意兒！搶別人的案子就算了，還大肆招搖，于哥，他這是故意來羞辱咱們。」

于飛一臉笑咪咪，絲毫無一分怒氣。

「那名刺客可不好抓。」

鍾泰幾人聞言，皆是一怔。

「當真？」

于飛笑得更加意味深長。「你們等著看吧，接了這件案子，我保證他出事。」

于飛腦中再度浮現那女人戴著面罩的臉，一個懂得在臉上戴兩層面罩的刺客，表明了她的絕頂聰慧。

面罩上摻了毒粉，拖慢他的行動，展現了她的狡猾。能在中了暗器之後，還有辦法逃過他布下的天羅地網，證明此人絕非一名普通的刺客。

他于飛辦了那麼多大案，抓了那麼多難抓的欽犯，這薛凌東就不會用腦子想想，能從他于飛手中逃脫的刺客，豈會是個簡單的人物？

傲慢是薛凌東最大的弱點，也是于飛最欣賞他的地方。

「大夥兒少安勿躁，看戲就好。」

第三章

梅冷月不愧是古代名醫，他說三日後虞巧巧可以下床，為此虞巧巧有在計算時間，一天二十四小時，三天就是七十二小時。

七十二小時一到，她的下半身便恢復知覺，真的可以下床了。

多虧菁兒手藝好，為她按摩捏腿，保持血液通暢，因此毒效一消失，她的雙腿立即恢復靈活。

三天沒動，她覺得全身發癢，想要好好活絡一下筋骨，最好的方式就是找人比武。

「所有人都到練武場集合！」她將命令丟給一名手下，手下一聽，立即去通知大夥兒。

阿誠聽到莊主叫大夥兒去練武場時，立即知道不妙。

「阿立，你告訴莊主，我肚子疼。」說完就要溜走，阿立卻不允許，一把揪住他的衣領。

「不准走。」

「喂，別礙事。」

「莊主說了要大家集合。」

阿誠反手抓住他，一把拉近咬耳朵。「莊主躺了三日，肯定是手癢了，把大夥兒當沙包練拳呢。」

「那又如何？」

「你傻啊，咱們有誰是她的對手？只有挨打的份。」

「技不如人，挨打是應該的，多練練。」

阿誠氣笑了，反手橫過阿立的肩膀，勒著他的脖子。

「多練練？這哪是多練練就能成的，咱們到現在都還摸不清莊主的武功路數，師承哪一派都不知道，怎麼練？」

阿立道：「我不管她師承哪一派，我只知道莊主是最厲害的，跟著她就對了。」

阿誠挑挑眉，左右看了看，然後壓低聲音。「喂，你……該不會喜歡上她了？」

阿立勾起嘴角。「是。」

阿誠吆喝了一聲，這傢伙居然承認得那麼快，一點也不掩飾，見到有其他手下過來，他便又壓低聲音。

「你認真的？」

阿立回頭瞅他一眼。「這種事有什麼好不認真的？」

「不，我是說，莊主可不是普通的女人，應該說，她不是……」不是良家婦女，但這麼形容似乎又不妥，阿誠一時之間找不到更好的句子來形容。

阿立道：「我知道，她很特別。」

當然特別了，一個女人家家的，被人看了身子也不害臊，甚至看了男人的身子也一樣不害臊。

要說，阿誠和阿立兩人都是乞兒，他們遇見虞巧巧時，兩個男孩一個十歲、一個九歲，當時的虞巧巧是個十二歲還未及笄的丫頭，穿著一身上好衣裳在逛大街。

阿誠和阿立要搶的就是這種私自出門的笨丫頭，穿著一身好衣料，身邊沒有大人或家僕陪伴，簡直就是行走中的肉包子。

他們餓得像兩頭狼，要把獵物吃得連骨頭都不剩。

只不過當他們瞄準獵物要撲殺時，眼前景物突然來個大翻轉，躺在地上的兩人都懵了，事後他們才知道，虞巧巧使出的那一招叫「過肩摔」。

不只是過肩摔，還有掃堂腿，讓他們再度跌了個狗吃屎。

總之，兩人從氣焰囂張一直到頹喪，不管他們怎麼攻擊她，竟是連她一片衣角都碰不到。

不知是什麼招數，他們一近她的身，不是四仰八叉，就是跌得吃土。

兩人渾身都是泥巴沙子、一鼻子灰，而她始終優雅地站在那裡，微笑地看著他們。甚至，她還朝他們勾勾手，意思是再來打，她有的是工夫奉陪。

阿誠和阿立就這麼坐在地上看傻了，天底下哪有這種丫頭，不但不怕，還朝他們笑著招手，好似在說「再來打啊」。

他們怕了。

阿誠和阿立落荒而逃，他們躲回自己的破窩，兩個人抱在一起哭，肚子太餓，打架還打輸一個丫頭，這打擊太大了。

只是他們更沒想到的是，那丫頭竟然追來了，站在一旁看著他們，簡直把他們嚇壞了。

「肚子餓啊？難怪沒力氣，喏，吃吧。」

十二歲的丫頭將一袋包子丟給他們。

兩人聞著香噴噴的包子，看傻了眼。

這包子該不會有毒吧？上回他們親眼看見，有個男人看似好心，將一個肉包子丟給一隻狗，最後那隻狗被毒死了。

丫頭似是明白他們的顧慮，又丟了一袋銀子給他們。

「吃飽後，去街上買身像樣的衣服換上，後日我有空，到時我再來啊。」丫頭朝他們揮揮手，轉身就走了。

再來幹麼？阿誠和阿立對視一眼，兩人還是一臉懵樣，飢餓並沒有讓他們失去理智，他們抓了一隻老鼠來餵包子，見老鼠吃得香，一點也沒事，他們大喜，兩三下就把一袋包子給啃光了。

後日，丫頭果然如約來了，一見到他們就指著兩人大罵。

「不是說了叫你們去買件新衣服穿，怎麼還是這麼破破爛爛的？」

丫頭被他們攻擊時，都可以保持一臉笑咪咪的，卻因為見他們沒穿新衣而生氣了。

兩人當乞兒這麼久，什麼羞辱的臉色沒見過？這世上，竟有人在乎他們餓肚子、氣他們沒新衣穿？

阿誠覺得這丫頭的腦袋肯定不正常，阿立卻突然道：「衣服又不能當飯吃，如果我們穿新衣，就要不到飯了，銀子留下來填飽肚子比較重要。」

阿誠當時就瞪向阿立，心想你找死啊，那丫頭肯定聽得生氣，會把銀子要回去，這時候應該要騙她說，銀子被搶了，所以沒銀子買衣服才對。

哪知那丫頭不但不生氣，還恍悟地點點頭。「說得是，你們是乞丐，乞丐穿新衣討不到飯，十有八九還會被同行搶呢。」

阿誠又瞪向她，心想妳一個丫頭懂得還挺多。

「好吧！」丫頭把手一拍，對他們宣布。「以後你們別討飯了，來，跟我走。」

阿立問：「去哪？」

「去買新衣啊，你們兩人髒得我都不敢接近。」

阿誠又懵了，覺得丫頭肯定有病，但阿立卻站起身跟著她去了，驚得阿誠趕忙上前拉住他。

阿立當時對他說了一句話。「連咱們的爹娘都不在乎咱們的死活，她雖然是陌生人，卻是第一個給咱們包子和銀子的人，現在說要給咱們新衣穿，為何不去？」

「可能有詐。」阿誠說。

「有差嗎？咱們什麼都沒有，有什麼好失去的？」

阿誠聽了覺得有理，抵不過心中的好奇，於是也跟去了。

丫頭將他們帶到一處商鋪前，立刻有人出來迎接。出來的是一個大塊頭，長得十分高壯，一看就不好惹，但是見到丫頭，卻畢恭畢敬地彎腰拱手。

「大姑娘。」

這時候兩人才知道，原來這丫頭是這家商鋪東家的孩子，身上的衣料還是出自這裡呢。

十二歲的丫頭很有派頭地下達命令。「把這兩人從頭到腳洗乾淨，身上不准有一隻跳蚤，換上新衣新褲，打扮得人模人樣後帶來見我。」

阿誠和阿立又懵了，接著他們就被人架走，生平第一次有人伺候他們洗澡，有人給他們新衣、新鞋穿。

他們再也不用去街上乞討，因為他們成了虞巧巧的手下，從此以後每天有肉吃、有床睡，過起了人模人樣的日子。

這就是他們遇上虞巧巧的經過，如今八年過去了，兩個乞兒已經長大，阿誠十八歲、阿立十七歲，長期練武下，都生得健壯而高大，那個十二歲的丫頭如今二十歲了，長成了大美人。

二十歲的姑娘早就嫁作人婦，孩子都生了好幾個，偏偏虞巧巧不嫁，還帶著他們闖江湖，建立神秘的刺客組織「黑岩」。

身為虞巧巧收的第一批手下，阿誠和阿立是引以為傲的，不管虞巧巧後來收了多少手下，都比不上他們兩個受虞巧巧重用。

他們不僅是虞巧巧的手下，也是跟著虞巧巧一起長大的。

長大的少年郎有了愛慕的心思，阿誠對虞巧巧是敬佩，他是真的把虞巧巧當成要效忠的主人，男人慕強，虞巧巧雖是女人，但她很強，阿誠就服她。

沒想到，阿立卻喜歡上了莊主。

「這事你得瞞著，別露出馬腳。」身為好兄弟，他不希望阿立太衝動，把關係搞砸了。

阿立看了他一眼，什麼都沒說。

兩人到了練武場，大夥兒差不多都到了。

「誠哥、立哥。」大夥兒紛紛向兩人拱手，態度十分恭敬。

進門派講究先來後到，在黑岩裡，阿誠和阿立是最早跟著莊主的，因此兩人在眾人面前的輩分自然也高，就連平時吊兒郎當的阿誠，都很自然地擺出威嚴的架勢。

不一會兒，莊主來了。

虞巧巧一出場，眾人的目光都亮了。

虞巧巧是個美人沒錯，但她太強悍，在眾人心中已經建立了威信，眾人目光大亮的原因，是她身後跟著四名……喔不，三名美人。

除了臉上有斑的菁兒被漠視不說，侍女青青、柳柳和圓圓三位美人的出現，簡直像是三道光，照得每個男人目不轉睛。

被眾多男人盯著，三名美人也不禁心生驕傲，抬頭挺胸地跟在莊主身後，享受眾男人仰慕的目光。

這裡是女人當家，而她們是莊主的侍女，沒有人敢動她們。

虞巧巧目光一掃，將一切看在眼裡。

在一堆男人中，放幾個漂亮的女人，就像把食物往狼群裡丟，肯定嘴饞的。

她知道，上一回殺杜成才的任務失敗，她又在床上躺了三天，眾人心中肯定充滿疑問。

身為老闆，為了鞏固公司的營運，不能因為一次的投資失敗就軍心動搖，因此她今日是來穩定軍心的。

話。

穩定軍心最好的方式便是——武力震懾。

她明白人心，刺殺失敗，又中了毒，躺了三日，說再多理由，都比不上用實力說話。

她的目光掃向所有人，勾起一抹豔麗的笑。

「今日來比武，兩人一組，贏的跟贏的人打，最後獲勝的兩人分勝負，最後贏的人可以從在座女人中挑一個當媳婦。」

此話一出，眾人皆驚。

阿誠震驚地瞪大眼，不期然看向一旁的阿立，果然見到阿立愣住，而在人群後頭看熱鬧的梅冷月也同樣愣住了。

在座女人中？

青青、柳柳和圓圓原本仗著自己是莊主的侍女，他人不敢對她們有非分之想，平日便有意無意地散發女子的魅力，如今卻從莊主口中親耳聽聞這個決定。

最後的勝利者可以挑選她們其中一人做媳婦，而她們不能拒絕。

這個決定讓眾男人先是一愣，接著炸鍋了。

「此話當真？」

「贏的人可以挑媳婦？」

「莊主，您不是說笑吧？」

虞巧巧一本正經道：「當然是真的，從以前到現在，我何時說話不算數的？」

仔細想想，還真沒有，莊主雖然是個女子，卻有大丈夫的胸襟，一言九鼎，她說帶著大家發財，還真的讓大家發財。

他們本是一無所有，行走在江湖上，常常有一餐沒一餐的，但是自從跟隨莊主之後，不僅有吃有住有田宅，還存下不少老本。

現在，莊主居然還要幫他們找媳婦。

別看這些男人平時在人前表現得人模人樣，到了晚上，誰不想讓下半身快活？

莊主……他們是不敢肖想的，畢竟有奶便是娘嘛，莊主給他們飯吃，他們對莊主是佩服多於戀慕，因此半夜主要的幻想對象，便都落在三名美人侍女身上。

被眾男人緊盯的三名侍女這下子可害怕了。

以往，她們很享受那些男人看得到、吃不著的眼饞目光，現在她們則是被他們虎視眈眈的目光嚇得手腳都不知道往哪兒擺。

三個女人都快哭了，其實她們心中也有憧憬的對象，她們都想嫁給英俊儒雅的神醫梅冷月。

若是梅大夫知道她們三人被如狼似虎的男人給盯上了，是否會著急？

可三個女人就算不願意，也不敢當眾反對莊主，因為莊主向來一言九鼎，她已當眾宣布的事，就代表她的承諾，不能反對。

青青、柳柳和圓圓臉上青白交接，這時候反而羨慕起菁兒，菁兒臉上醜陋的斑反倒成了她最佳的保護色。

「莊主，您說最後的勝利者可以挑在座的任何女人嗎？」

虞巧巧微笑道：「當然。」

「也包括您嗎？」

場中氣氛突然安靜下來。

雖然也有人想到這大不敬的問題，但沒敢問，卻還是有不怕死的人問出來了。

眾人不約而同齊齊看向莊主，想知道她會如何回答。

虞巧巧挑了挑眉，並未對這個唐突的問題感到生氣，反倒加深了嘴角的笑意。

「當然包括我。」

眾男人又炸鍋了。

「成親？」

于飛擰眉。他今日休沐，本可以睡晚一點，但多年來早起練武的習慣已經養成，即便不用去衙門，他也依然會在天未亮時去練武場揮刀。

練了一個時辰下來，他滿身是汗，將刀丟給小廝整理，他去浴房洗了個冷水澡，換上乾淨清爽的衣衫後，便去陪娘親用早膳。

他爹死得早，是他娘將他拉拔長大的。

他娘是個寡婦，本可以再嫁，但她不願，將他爹留下來的銀錢省吃儉用，同時幫人做繡活，一心一意送他去私塾唸書，並找了一名江湖人士教他武功。

于飛根性好，允文允武，考武舉上了榜，便去衙門做捕快，然後用自己的實力得到貴人的青眼，被提拔進六扇門當差。

這些年來，他一直在外奔波，一心想要建功立業，因此耽誤了婚事。

今早他娘突然跟他提起，他本無心婚事，但瞧見他娘興致勃勃的表情，便耐著性子聽她說。

「你已經二十五了，早該成親了，跟你同年的都已經是好幾個孩子的爹了。

「娘知道你挑，所以一直沒催你，若是長得一般，娘也不敢要，但這個對象不一樣，你也識得的。」

于飛頓住，抬起眼。「我識得？誰家的？」

「不不不，不是咱們街坊的，是以前咱們在鄉下時的鄰居，你可還記得虞家？」

于飛挑眉。「哪個虞家？」

「哎呀，就是你以前總愛往他家跑的虞家啊！虞大娘煮的菜可好吃了，那時候娘身子不適，你又在長身子，吃得多，都是虞家大娘煮給你吃的，記得否？」

于飛緩緩點頭。「是有點印象……」

說起虞家，于夫人一臉懷念地回憶起那段時光。

「虞家大娘與我十分交好，未嫁前，我與她便是以姊妹相稱。」古代女子朋友不多，一旦有了手帕交，便十分珍惜。

于飛早就不記得虞大娘長什麼樣子了，況且他自幼習武，大部分的時間都跟著師父早起貪黑地學功夫。

能進六扇門，不只功夫要好，也要看脾性合不合。

于飛並非真的愛笑，笑容只是他的保護色，用於掩藏他內心的想法，越是遇到棘手的事，他的笑容越深，不知不覺養成了面帶微笑的習慣。

在六扇門想要往上爬，必然競爭激烈，況且他長年辦案，看過太多的打打殺殺，養成了狠絕的性子，只是這一面不會讓他娘看到罷了。

他不關心虞大娘，只想知道他娘究竟要他娶誰？

「虞家也搬到京城來了，你說巧不巧，我跟她十幾年沒見，一見面就認出來了，聽說她那個女兒啊——」

知道他娘又要誇讚對方一番，于飛沒閒工夫聽這些，打斷了話。「娘只要告訴我，您是不是看上虞家姑娘了？」

于夫人本來打算先慢慢鋪陳，跟兒子說一說虞家姑娘的優點，再勸他娶，誰知兒子直接切入正題，她只好接他的話。

「是，我看上虞家大姑娘，她——」

「多大年紀？」

「呃……她二十了——」

「看過人嗎？」

「還沒，但是——」

「有畫像嗎？」

「沒有——」

「那就再看看。」

「等等！娘已經找媒婆去提親了！」

「對方同意？」

「八字都交換了！」

「喔，是嗎？」

「這個人你得娶。」

「我考慮考慮。」

「不能考慮，得娶！」

「嘖，娘太任性了。」

「我是你娘，我任性怎麼了？你爹在世時，都依我的！」

把他爹抬出來，那就是要鬧了。

「好吧，我娶就是了。」

「咦？你是說真的？」

「不娶，您就哭給我看，說我不孝，到時候還不是得娶。」
「嘖，說得我讓你多委屈似的。」
「是很委屈。」
「我不管，你答應了啊，可不能反悔喔！」
「知道了。」
他娘總算笑逐顏開，讓他可以好好的吃一頓飯。
隔日，于飛起早出門，騎馬去衙門上差，一進門就將鍾泰叫來。
「去查查這個人。」他把一張帖子丟給鍾泰，鍾泰瞧了瞧手中的帖子，上頭寫了名字和八字。
「這人犯了什麼案？」
「不是犯人，是我娘給我找的媳婦。」
「呵！」
「去查查，把她家祖宗八代都查一遍。」
「行！」鍾泰笑道，拿著八字帖看了看，打趣道：「于哥見過？」

「沒。」

「喔，明白，于哥是想知道對方的長相和性情。」

「小時候的鄰居，十年沒見了，誰知道這十年間，她家有沒有案底。」

「這倒是，十年的變化可大了，小時候長得可愛，長大後可未必，這世道，會把人磨得不像樣。」

「查到後告訴我，別聲張。」

「知道，包在我身上。」他們六扇門要查一個人的底，輕而易舉，不過令鍾泰好奇的是——

「于哥，若是查出來，您不滿意怎麼辦？」例如長得太嚇人，或是家中有人闖禍之類的。

于飛在家是孝子，會慣著他娘，但出了門，他就是一個手段狠絕的笑面虎。

他看了鍾泰一眼，嘴角勾起涼簿的淺笑。

「那就跟以前一樣，找個名目讓對方退親，另擇良人吧。」

第四章

練武場上，眾人難得如此沸騰。

以往練武切磋，拿出的賭注大多是銀子或是奇珍異寶。

用女人當賭注，這是第一次。

男人最愛這種賭注，本以為莊主是女人，這輩子不可能用美人當賭注了，誰知這回莊主不知哪裡想開了，居然主動提出來。

甚至，連她自己都可以當賭注。

睡莊主？娶她當媳婦？

這個問題在所有人心中冒出來。

以前從來不敢想，或是覺得想也沒用，莊主那麼剽悍，又那麼聰明，哪個男人能搞定她？

不過這個回答還是讓所有男人熱血沸騰了，就算睡不了莊主，但她敢答應，就足以讓人興奮。

在經過一場有始以來最激烈的比武後，事實證明，要睡莊主果然比登天還難。

看著莊主把林昆壓在地上當沙包打，大夥兒都不忍卒睹。

眾人後知後覺，難怪莊主答應得那麼爽快，那是擺明了有底氣沒人能夠打贏她啊！

這就是虞巧巧奸詐之處，她想找人切磋，大夥兒肯定不願，可拿魚兒誘貓，貓就不會跑了。

但是切磋也不能得罪人，於是她光明正大弄了個比武大會，以女色為誘餌，淘汰所有輸家，最後的勝者就可以讓她當出氣筒了。

林昆哀號。「我認輸！認輸！」

虞巧巧這才放過他，站起身拍拍屁股，轉身回到座位上，三名美人侍女立即上前伺候，遞茶水的遞茶水，幫忙擦汗的擦汗，負責搧涼的搧涼，可殷勤了。

她們幾乎要喜極而泣，林昆長得跟熊一樣，一想到萬一自己被挑上，要在床上伺候那男人，她們就百般個不願意。

本來她們已經心灰意冷，沒想到最後莊主站起來說要打贏她才算數，頓時三人又欣喜若狂。

果然，莊主才是最後的勝利者，莊主贏了，代表她們不用去當林昆的媳婦啦！

林昆被其他人扶到一旁，幾人圍著他啐罵道：「怎麼就服輸了呢？」他們娶不到，但也見不得林昆求饒，好歹也撐久一點。

林昆不服氣地咒罵。「切！你們不知道，再不求饒，老子就算不被打死，也會疼死，你們不知道，莊主功夫可厲害了。」

眾人聽了，更覺得神奇了。

其實他們跟著莊主的日子也不算短，可到現在還瞧不出莊主是哪個武功路數的，只覺得莊主的功夫十分詭奇，總讓他們摸不著頭緒，想學也學不來。

林昆的功夫算是他們之中數一數二，與阿誠和阿立相當，阿誠打輸了阿立，阿立與林昆爭最後的輸贏，結果阿立不小心跌跤，讓林昆得了機會，扭轉勝出。

「老子終於明白了，立哥和誠哥是故意輸的，因為他們知道最後肯定要跟莊主打，我怎麼就忘記了，莊主最愛找人切磋武藝了……哎呀，疼死我了！」

虞巧巧心情舒爽，不但逗得三名美人心裡七上八下，又找了個由頭來活動筋骨，就不會被人說她以強欺弱了。

眾人不知道，虞巧巧不僅會搏擊術，還知道人體穴位的弱點，她贏在知道攻擊哪裡可以讓對方瞬間變弱。

太花俏的招式只會浪費力氣，她學的都是快狠準的現代搏擊術、柔道、拳擊、擒拿和空手道，加上在現代的實戰經驗，因此她的功夫在其他人眼中就成了詭奇多變、難以捉摸。

正當她被三名美人伺候得舒服時，有一人從人群中走出，來到練武場中央。

「換我來與妳打吧。」

原本喧囂的氣氛突然安靜下來，眾人吃驚地盯著立在場中的梅泠月。

梅泠月性子冷，向來只當看客，況且他生得俊朗斯文，一身儒衣長衫，文質彬彬，配上清冷的氣質，身無兵器，怎麼看都不像是來打架的。

「你？」虞巧巧也驚訝了，上下打量他。「你真要跟我打？」

「是。」

虞巧巧看看他，又回頭看看三名美人。果然，三名美人一聽到他要出場單挑，臉都紅了。

虞巧巧皺眉，她不信梅泠月真看上哪個女人，平日他對三名侍女根本不假辭色呀。難不成他看上她？

見虞巧巧一臉不敢置信，梅泠月也不賣關子，直截了當地說：「如果我打贏了，就把菁兒給我吧。」

原本安靜的現場在聽到他要的對象時，瞬間炸鍋了。

虞巧巧捧腹狂笑。

她從沒遇過這麼好玩的事情，本以為梅冷月對女人沒興趣呢，沒辦法，這男人老是擺出一張冷漠的臉，她都懷疑他性冷感了。

當他開口跟她要女人時，虞巧巧整個人都來勁了，當場向他認輸。

當時，所有人都不服，尤其是被她揍到趴在地上的林昆，第一個跳起來抗議。

莊主不打就直接投降，這根本就是放水！

虞巧巧卻正大光明地反駁。

「別忘了他是江湖神醫，是用藥的高手，同時也是用毒的高手。」

否則像他這樣醫術高明的大夫如何自保？早就被人抓去作為己用了。

這個理由果然令眾人無話可說，加上梅冷月在江湖上的名聲確實響亮，平時又是一副高不可攀的模樣，因此莊主的禮遇早就在眾人心中建立了不可侵犯的地位。

三名美人侍女又嫉又妒，若是輸給莊主就算了，畢竟莊主也是個美人，可是輸給同樣都是婢女，還是臉上長了醜斑的菁兒，她們不服啊！

虞巧巧當場就要同意把菁兒給他，回頭一瞧見菁兒垮下的臉，她不禁一愣。照理說，菁兒應該很高興才對，畢竟有個男人當著眾人的面要她，這感覺就像現代男人當著眾人的面向一個女人求婚一樣。

身為女子，面對一個英俊又有地位的名醫，被求婚是一件驕傲又有面子的事，無論如何，菁兒都不該是這種不悅的表情。

虞巧巧最不怕事多，看到菁兒的不悅，不禁有些樂了。

原來她的菁兒看不上帥哥，好樣的！

「喔，你選擇菁兒啊，那麼……」

「我跟他打！」

眾人驚呆，虞巧巧也驚訝，瞪大眼望向菁兒。「妳？」

菁兒氣沖沖上前道：「對，我跟他打，可以吧？莊主。」

虞巧巧擊掌叫好。「行！當然行！冷月，你得跟菁兒打，打贏了，菁兒才歸你，這樣才公平。」

公平？虞巧巧那張笑臉分明不怕事多，純粹是幸災樂禍。

梅泠月瞟了虞巧巧一眼，點頭。「可。」

眾人又炸鍋了，梅泠月跟菁兒打，一個是溫文儒雅的大夫，一個是完全沒功夫的粗鄙婢女，兩人會怎麼打？

不管如何，這都是難得一見的好戲。

菁兒得了莊主的同意，便在當庭廣眾之下轉身跑走，正當眾人奇怪她去哪兒時，不一會兒，又見她跑了回來。

她一出現，看熱鬧的眾人全都驚了，紛紛避之唯恐不及，因為她從頭到腳全抹上髒兮兮的污泥，而她的手上還拿了一根攪屎棍。

「來，出招吧！」

梅泠月向來清冷的神情上也難得露出吃驚的表情。

當一個女人全身髒兮兮地出現，還完全不怕被人嘲笑地拿著攪屎棍當武器，擺明了她有多麼不待見對方。

梅泠月在吃驚後漸漸沈下臉，甚至還退後了一步。

醫生最怕什麼？

怕髒。

虞巧巧在現代時認識幾個名醫，那些人大概是讀了太多醫學知識，因此個性上多少有某種程度上的潔癖，去公共場所要戴手套，避免摸到細菌，最嚴重的，出去吃飯，餐桌都要先用酒精消毒一遍。

梅冷月清俊冷漠，總是一身素淨，一看就很愛乾淨，遇到一個比他夠狠、完全不在乎自己滿身髒污的女人，虞巧巧很好奇他的反應會是如何？

梅冷月沈下臉，嘴角突然勾起一抹冷嘲，丟下一句警告。

「哼，咱們走著瞧。」說完，他便甩袖轉身，一句招呼都不打便離去了。

哈！果然！

虞巧巧早就猜到，像他這樣愛乾淨的男人是不可能忍受的，菁兒完勝！

「梅大夫棄權，這局算菁兒勝，今日就到此為止吧！」虞巧巧向眾人宣布後，對菁兒道：「去洗一洗吧，瞧妳全身臭的。」

見莊主並沒有因此生氣，反倒一臉忍俊不禁的樣子，菁兒這才鬆了口氣。

「謝莊主。」她轉身大搖大擺的離開，她才不管別人如何嘲笑自己，只要莊主沒意見，其他人是什麼想法，她才不管呢。

虞巧巧回頭看看那三名嚇壞的侍女，三人還是一臉惶恐。

她對三人擺擺手。「好了，下去吧，我要洗浴，去準備準備。」

「是……」三人仍處在不敢置信中，離開時都忘記往哪個方向，還不小心彼此碰撞，這才狼狽地退了下去。

遣退了四名侍女，虞巧巧環視眾人。

有人失望、有人唏噓，還有人處在驚訝中。

想要的女人得不到，想要的男人看不上，重點是，那看似冷心冷情的梅大夫，竟然心儀無鹽女菁兒。

虞巧巧很滿意，今日這場比武，打人打得過癮，看戲也看得很開心，重點是把大夥兒的注意力轉移到其他地方，不再關注這次的任務失敗。

「好了，大家若無事也散了吧。」

眾人紛紛向莊主拱手，轉身離開。

阿誠趁沒人注意時，低聲對阿立道：「還以為你會全力以赴，想辦法拔得頭籌呢，為了成全你，我可是故意輸的，好讓你留些力氣，現在我才知道，你這傢伙看似憨，其實聰明得很，你是故意輸給林昆的。」

阿立彎起唇角，也不瞞他。「因為我對莊主有信心，她敢拿自己當賭注，肯定有詐，咱們跟了她那麼久，你還不知道她的個性？她從不做沒把握的事。」

阿誠點頭。「這倒是。」突然想到什麼，他忍不住大笑。「就是沒想到，梅大夫居然喜歡菁兒，實在讓人想不透。」

阿立奇怪地看他。「梅大夫喜歡菁兒有什麼想不透的？」

「嘖，男人娶老婆起碼臉要看得順眼，我也不是看輕菁兒，實在是她那張臉……」

「很美啊。」阿立道。

阿誠見鬼地看他，正想說他瞎了嗎？那張長了醜斑的臉美在哪裡時，看門的廖來福匆匆進來通報。

「莊主，飛鴿傳書。」

廖來福是負責養鴿子的，聽到飛鴿送來信件，本來三三兩兩要離去的眾人都停了下來，大夥兒心下猜測，說不定是有新生意上門了。

阿誠和阿立也停下腳步，等著看看是不是有生意上門，說不定莊主會宣布。

虞巧巧心情正好，聽到有消息傳來，笑得更歡了。

她在城裡安排了一個負責接生意的探子，如果接到生意，就會飛鴿傳書告知她。

古代沒有網路，最快的方式只能用信鴿，她也只好入境隨俗養幾隻傳信鴿。

看著大夥兒期待的目光，虞巧巧心想，這封飛鴿傳書來得正好，若是有生意上門，她正好藉此跟大夥兒宣布，把刺殺杜成才失敗這件事揭過去，同時也能激勵眾人。

在眾人的期待下，她大方地命令。

「把信件內容唸出來。」

廖來福頓住，朝莊主看了一下，見莊主用鼓勵的眼神笑咪咪地看著他，他這才將捲起來的紙條打開，大聲唸道——

「巧兒聽著，不孝有三，無後為大，娘幫妳訂了一門親事，已昭告親朋好友，下個月底成親，速速歸家！」

廖來福大聲唸完後，人也頓住了，抬頭看莊主時，果然見到莊主變了臉。

他心中叫糟，再瞧瞧四周，眾人也呆住了，氣氛一時尷尬了起來。

這不是生意上門，而是一封催婚信。

眾人的目光全瞟向了莊主。

虞巧巧站起身，大步走上前，從廖來福手中搶過紙條，再仔細看了一次。

她那個古代娘……竟然給她訂了一門親事！

虞巧巧最恨古代的一點，不是少了網路、少了科技，也不是少了娛樂，而是女子的婚事只能由爹娘作主。

這等於是把自己的生殺大權交到別人手上。

看完信，虞巧巧殺人般的眼神瞪向廖來福。「還有嗎？」

廖來福呆愣。「啊？」

「還有沒有其他信？」

「沒、沒有。」

虞巧巧氣得將紙條捏在手中撕碎，當場對眾人宣布。

「我歸家一趟，這段時間，大夥兒該幹麼就去幹麼，記得各人造業各人擔，出事了，養老金一概沒收，解散！」說完便憤然轉身而去。

莊主一走，眾人譁然，圍著廖來福七嘴八舌地問。

「莊主要成親了？」

「跟誰訂的親？」

「信上真這麼寫？」

廖來福被問得兩手一攤。「我怎麼知道，剛才唸的你們都聽到了，就那幾句。」

「莊主氣得不輕呢。」

「我以為莊主已經夠悍了，沒想到她娘也一樣悍。」
「嘿，你們說，莊主她娘給莊主訂誰的親？」
「不管是誰，他肯定要倒大楣了。」
眾人饒有興味地討論著，這時候他們才想到莊主已經二十了，一般姑娘在這個歲數早就是幾個孩子的娘了。
阿誠看向阿立，果然見到阿立臉色很不好看，他將阿立拉到一邊。
「依我看，莊主根本不想嫁人，她回家是要去拒絕親事的。」
阿立道：「父母之命，媒妁之言。」
「那又如何？咱們莊主又不是一般女子，她若不想嫁就不會嫁。」
阿立突然道：「我要跟她一起回去。」說完也不等阿誠反應，大步追了出去。
「喂，等等我！」
「誠哥！」有人突然拉住他，問道：「莊主走了，咱們怎麼辦？」
阿誠氣笑了。「怎麼辦？大家又不是三歲孩子，當然是各自看著辦，莊主說了，各人造業各人擔，言下之意就是叫大家安分點，別惹事。這段時間，大家好好練練功夫吧，我敢保證莊主回來後，肯定又要找大家切磋。」

丟下話後，他去追阿立。

阿立要跟著莊主回去，他也要，反正無事，不如去瞧瞧莊主她娘訂了哪家親事，是誰家倒楣兒郎要娶莊主？

敢娶莊主，這男人必須要有本事，不然只有當沙包的份。

虞巧巧的桃花莊其實離虞家不遠，騎馬一個時辰就到了，方便她兩邊跑。

虞家位在城中的安德胡同，這個地段算是城中較不錯的區域，住的大多是家境不錯的富戶。

一輛馬車穿過城中大道駛進胡同，慢慢停在虞家大門前。

此時接近晌午，街坊鄰居和經過的路人們皆望向虞家門前的馬車。雖然沒見到馬車裡的人，不過已有鄰居認出負責駕車的車夫。

「是虞家大女兒回來了！」

鄰居都知道虞家大女兒有兩個護衛，愛笑的叫阿誠，不苟言笑的叫阿立，主要是因為這兩個護衛生得器宇軒昂，人模人樣，不管虞家大姑娘去哪，這兩名護衛就跟到哪。

「阿誠、阿立，回來了啊？」

阿誠轉過頭，對林伯咧開了一排白牙，阿立視線望過來，只是點了個頭。

林伯笑道：「越長越俊，可見虞家日子不錯，全都養得好、吃得好。」站在林伯身旁的張嬸則是搖搖頭。「他們一回來，又有媒婆要上門了。」

其他鄰居也紛紛點頭。這兩名護衛還真是招眼，有不少戶人家打聽。

虞家側門打開，馬車便直接進去，沒讓人見到虞家大姑娘。

「聽說虞家大姑娘訂親了。」

「這次回來，應該是等著成親吧？」

「聽說她身子不好，不知道這幾年養得如何？」

街坊鄰居伸長脖子，也沒瞧見馬車裡的虞家大姑娘。

「算算今年都二十了呢，總算要嫁出去了。」

「說得是，二十都是老姑娘了。」

眾人只見過小時候的虞巧巧，自她十三、四歲後就沒見過，大夥兒傳來傳去，最後聽說是因為身子不好，因此送到別處去將養。

當馬車一駛進虞家宅院，車門打開，聽說「身子不好」的虞巧巧立即跳下來，像一陣風似的大步往前走，絲毫沒有姑娘家的樣子。

「大姑娘。」
「我娘呢？」
「在後院屋裡。」
虞巧巧立即如風般直往虞老娘的房間去，阿誠、阿立兩人不方便跟著。
菁兒欲要匆匆跟上，卻被阿誠拎了下領子，她回頭瞪他。
「做什麼？」她拍開阿誠的手。
「去打聽誰要娶咱們莊主。」
菁兒卻道：「我不要，要問就自己問。」說完便匆匆走人。
阿誠回頭對阿立道：「菁兒這丫頭，越來越不正常了。」
阿立看他。「哪兒不正常？」
阿誠對經過的丫鬟笑了笑。「陳姊，我口渴，可有水喝？」
「有有有，我立刻去端來。」
阿誠轉頭對阿立道：「瞧，這才是正常。」
阿立一陣無語。
「我可是為了你好，才去打聽莊主的事。」

阿立對他道：「大姑娘。」

「什麼？」

「回到虞家要叫她大姑娘。」只有在黑岩時才喊她莊主。「不管她嫁不嫁人，我都會忠於她，況且大姑娘並非一般姑娘，不是一般男人能娶到的，包括你我。」

「喲，在這件事上，你倒是看得透徹。」

「走吧，在虞家，咱們是她的僕人，跟我去餵馬。」阿立拉著阿誠，一起往馬房去。

屋內，虞夫人要為家人做夏衫，正在挑選布料，繡莊掌櫃徐大娘則站在一旁提供建議。

此時，一名僕人來報。「夫人，大姑娘回來了。」

虞夫人聽聞，又驚又喜。「回來得正好，快叫她進來！襄兒，去備茶！」

「是，夫人。」

不一會兒，徐大娘和其他繡娘們就見到一名美人走進屋內。

「娘。」

「我的兒啊！」虞夫人見到女兒，高興極了，連忙走上前拉住女兒的手。「來來，喝口茶。」

當虞夫人牽著女兒過來時，徐大娘和其他繡娘也在打量這位虞家大姑娘。

虞家是繡莊的老顧客了，因此虞家有幾口人，徐大娘都知道，唯獨對這位大姑娘不熟，只聽說這位大姑娘因為身子不好，常年都在郊外的莊子上養病。

「大姑娘生得水靈，可真美。」

「您過獎了。」虞巧巧微微一笑，接著轉頭。「娘，女兒有事跟您說。」

「等會兒再說。來，挑個料子，一起做夏衣吧。」

虞巧巧只是笑。「如果娘沒空，那我下次再來。」

虞夫人連忙抓住轉身要走的女兒。「別，反正尺寸也量完了。」接著對襄兒道：「襄兒，妳帶掌櫃的去找廖管家，去幫其他人量衣裳。」

「是。」襄兒福了福，對徐大娘道：「請隨我來。」

徐大娘也明白，人家女兒回來，肯定有許多體己話要說。

走出屋子時，徐大娘還對襄兒讚道：「大姑娘長得水靈，不知可許人了？」

襄兒道：「許了，這次大姑娘回來，便是因為親事呢。」

「哎呀，那可恭喜了，不知是哪家有福氣的姑爺？」

襄兒笑道：「到時您就知道了。」

「記得給咱們發喜帖，咱們一定送上大禮！」每年四季虞家都大手筆訂製衣裳，如今要嫁女兒了，肯定會訂製更多新衣做嫁妝，徐大娘當然要把握機會送禮，好抓住這個老顧客，畢竟繡莊不只他們一家呢。

襄兒笑著應下，卻偷偷瞧了主屋一眼，心想這親事成不成，還不知道呢。

待人一走，虞巧巧的笑臉也斂了下來，對屋內的人冷聲命令。

「全部退下。」

第五章

大夥兒立即退了出去。

在這個家，誰才是「老大」，大家都知道，並非他們不看主母的臉面，而是大姑娘實在太悍了。

所有人一走，虞夫人也不裝了，扠起腰來。

「怎麼，這麼久不回來，好不容易回來，特地擺臉色給我看？」她是她娘，她不怕！

虞巧巧來到桌前坐下，一雙眼盯著虞夫人。

「妳還有臉說？誰讓妳給我訂親的？」

「妳都二十了。」

「退掉。」她懶得廢話。

「不能退，庚帖都換了。」

「退掉。」

「真不能退，禮金都收了。」
「退掉。」
「絕對不能退，對方大有來頭。」
虞巧巧這才頓住，冷眼看著她娘。
「什麼來頭？」
「當官的，退了會得罪人。」
聽到「官」字，虞巧巧更是一肚子火。她很明白，在這獨裁的古代，官家的權威有多大，即便一個最小的九品官，都能壓死他們這些平頭百姓。
如果對方也是百姓，退親就好辦，可對方是官，那親事還真不能說退就退。
「找個人冒充我嫁去。」
「不行！」
「找三嬸家，他們家一直想嫁官家，肯定願意，她那個女兒長得也美。」
「別鬧了，這是欺官，弄不好要吃官司的。」
「妳也知道別鬧了，為何擅自作主！」虞巧巧說著往桌上用力一拍。
「妳對我拍桌？我是妳娘，妳竟凶我……」虞夫人立即紅了眼，哭了起來。

彷彿踩著時間點進來似的，虞老爺推門進屋，看了母女倆一眼。

虞夫人見到丈夫來，哭得更凶了。

虞老爺搖搖頭，走上前當個和事佬。

「有話好好說，別一見面就吵架。」

虞巧巧終於爆發了，指著虞夫人向她的古代老爹抗議。

「她有好好跟我說嗎？沒有！她瞞著我，居然把我給賣了！」

虞巧巧二十了還不結婚，就是因為不認同古代的盲婚啞嫁，別說交往了，連對方長什麼樣子都沒見到，居然就訂了婚事，這跟出賣她有什麼差別。

虞夫人聽了，哭得更凶，跟虞老爺告狀。「你聽聽，這是人話嗎？哪家姑娘不是這樣嫁人的，幫她訂了這麼好的親事，卻惹來一身腥，怪我？都已經二十了還不嫁人，誰家老姑娘到了這年歲不嫁人的？不知道的還當我養了一個見不得人的女兒呢。」

虞巧巧額角突突地跳，瞪著她娘。「見不得人又不會死。」

虞老爺擰眉，怒斥女兒的不是。「從小到大，妳想做什麼，爹都讓妳做，妳十一歲時想去武館學拳腳功夫，爹讓妳去；妳十二歲時收了兩名乞兒當僕人，爹也讓妳收；妳十三歲說要加入門派學武功，爹也讓妳去了。七年了，整整七年了，咱倆讓妳在外頭七年了，如今妳二十了，在外頭闖江湖也闖了，這回換妳聽咱倆的，嫁人！」

虞巧巧覺得頭大，她這對古代爹娘是很疼她沒錯，缺點就是一直想把她嫁出去。

她穿來後，一直想盡辦法給她的古代爹娘灌輸許多現代的觀念，例如女人可以練武，有武功在身才不會被人欺負，或是女人也可以經營鋪子，能耐絕對不輸一眾男人等等。

當時虞巧巧雖是個十歲的孩子，但心智年齡是大人。

她在現代是搏擊高手，但是穿到這個十歲的小姑娘身上，卻阻礙了她的身手。

十歲小姑娘平常沒有足夠的運動量，不管是在肌力、耐力和持久力方面，全都不及格。

也就是說，她腦袋裡的搏擊技巧還在，但這具身子的體能跟不上，光是速度就拖累了她。

在現代，她每天晨跑兩個小時，可在這裡用小姑娘的身子跑個三分鐘就氣喘吁吁。以前還能打一小時的拳，小姑娘的身子卻是打個一分鐘就痠疼了。

因此她知道，如果她要出遠門去闖天下，就必須先把這具身子鍛鍊好。

她一直在等待、計劃，並且不停地鍛鍊這具身子。

在她十三歲時，這具身子也鍛鍊了三年，長到了一百六十公分高，在肌力、速度、體能和爆發力上，終於也能達到七十分的要求了。

待一切準備就緒後，她決定出遠門，於是她找了個戲子，給對方銀錢，讓對方扮演一名女俠，騙她娘說她武功資質好，要收她為徒。

她爹娘信了，以為女兒真是個練武奇才，況且女兒在拳腳功夫上還真的挺俐落，便讓她去外頭練功夫。

事實上，虞巧巧一出城就付了戲子銀錢，和對方分道揚鑣，帶著爹娘給的盤纏，領著阿誠、阿立一起出去闖盪。

這七年來，她利用自己身為大人的智慧，開始接一些小案子賺銀子。

一開始，她還會定期回家探望，但在她及笄後，她娘便想給她說親，於是她甚少回家了。

虞巧巧氣道：「我若要嫁，會自己找男人！」

虞夫人本在丈夫胸前哭泣，聞言抬起頭來，指著女兒數落。

「找？呵，妳騙咱們騙了可真久！」虞夫人伸出手，掰著指頭開始算帳。

「妳十五歲及笄時，說要嫁給會功夫的男人，咱們相信了。

「妳十六歲時，說要找個有江湖地位的男人，咱們相信了。

「妳十七歲時，說找個功夫上能打過妳的男人，咱們相信了。

「妳十八歲時，說要嫁個長得好看的男人，咱們還是相信了。」

虞夫人最後數到第五根手指。「妳十九歲時告訴咱們，會功夫、有江湖地位、能打得過妳又長得好看的男人，若沒具備這四個條件，妳就不嫁。」

虞夫人把四根手指伸到她面前，笑道：「咱們一直記得妳開出的條件，剛好，擁有這些條件的人選，咱們還真的找到了。」她伸著指頭開始計算。「這人不但會功夫，還有江湖名氣；他武功高強，還長得俊，這天上掉下的餡餅，不快點搶怎麼行？所以咱們就成全妳，幫妳訂下這門親事。」

虞老爺、虞夫人再笨，被女兒騙了這些年也該醒悟了，既然女兒開出這樣的條件，好，他們就成全女兒，還真的被他們找到了符合條件的女婿人選。

虞巧巧聽了沒生氣，反倒一臉意外，上下打量她爹娘。

「喲，你們變聰明了。」被她唬了這些年，兩位終於開竅，開竅後還知道如何倒打她一耙。

虞巧巧氣歸氣，但古代爹娘難得聰明了一回，值得讚賞，她反倒沒那麼氣了。

她拉了張凳子坐下來，朝屋外喊道：「菁兒，進來倒茶！」

被虞夫人的侍女夏荷擋在屋外的菁兒一聽，立即高聲應答。「是，大姑娘！」推開擋住她的侍女，拉起裙襬匆匆進屋，接著很自動地來到大姑娘身邊，端起茶水為她斟茶。

虞巧巧端起茶，啜了一口。

不用虞巧巧吩咐，菁兒很主動地來到她身後，為她捏肩膀，虞巧巧便閉眼享受著。

「大姑娘，這樣舒服嗎？」

虞巧巧閉眼嗯了一聲。

「您風塵僕僕地趕回來，肯定累了，晚上給您捏捏腿。」

虞巧巧又嗯了一聲。

虞老爺、虞夫人瞪大眼，不明白現在女兒是在演哪齣？他們都做好了準備，打算今日豁出去了，說什麼都不妥協，而原本怒氣沖沖的女兒這會兒卻突然不罵人了，還喝起茶，一副悠閒享受的模樣，這轉變也太大了，令兩老驚疑不定。

「女兒啊。」

虞巧巧睜開一隻眼看向虞夫人。

「妳該不會是氣瘋了？」

「我若真的氣瘋了，你們就會退親嗎？」

虞老爺挺直了背，厲聲道：「那怎麼行！對方是官呢，庚帖都交換了，這事也傳出去了，咱們若是去退親，豈不是讓對方顏面無存？千萬不能退親。」虞老爺再糊塗，也知道不能惹官，這事他是絕對不會退讓的。

「知道了。」虞巧巧指指另一邊肩膀，菁兒便立即換邊捏。

兩老都懵了，看看女兒，心想這就妥協了？

虞夫人狐疑地問：「妳願意嫁啦？」

虞巧巧哼了一聲。「我有得選嗎？」

兩老立即轉憂為喜，虞老爺也鬆了口氣，朝虞夫人使了個眼色，裝模作樣地命令。

「妳跟女兒好好商量親事細節，我還有事，先走了。」

虞老爺平日喜歡跟三五好友遛遛鳥、打打牌，因為女兒這事，耽誤了今日的約，一聽到女兒願意嫁了，他便甩手丟給自家夫人，自己匆匆去赴約了。

丈夫走後，虞夫人便心花怒放地坐到女兒身邊。

「這就對了，女人終究是要找個依靠的——」

「夫人、夫人！不得了了，老爺氣病了！」一名小廝匆匆進來。

屋裡二人皆是一愣，虞夫人心驚，猛給小廝打眼色制止，小廝看不明白，急忙把事先套好的說詞說出來。

「老爺說，如果小姐不嫁人，他會死不瞑目的！」

虞夫人瞪了小廝一眼，忙道：「呸呸呸，什麼死不死的，剛才老爺已經親耳聽到小姐說願意嫁了！」

小廝愣住。

虞夫人恨鐵不成鋼地罵道：「還不快退下！」

小廝這才恍悟。「是！」接著又匆匆地退了出去。

虞夫人一回頭，就瞧見女兒似笑非笑地看著她。

「爹娘辛苦了，為了唬我，連病都裝出來了，真不好意思，我答應得太快了。」

虞夫人抖抖嘴，被看破也就算了。

「這樣說好了，這門親事一定得成，日子到了，妳非嫁不可，到時候妳若是搞失蹤，別說妳爹，我就死給妳看！」

虞夫人太了解這個女兒，主意大，不讓人省心，她決定把狠話說在前頭，先下手為強。

虞巧巧打了個呵欠。「知道了，我去休息了，對方是哪家的，把他的家世、八字和名字都送過來給我，我先回屋睡了。」

虞夫人還有許多話想跟女兒說，畢竟母女倆許久未見了，不過難得女兒答應親事，她想怎麼樣都好。

「行，妳先去睡，晚膳好了再叫妳，今晚做妳愛吃的菜。」

虞巧巧擺擺手，她回來只是要搞清楚狀況而已，在知道訂親的對象是官家時，她就知道跟她娘吵架是浪費時間。

同時，她也很清楚她娘那根深柢固的「以夫為天」的觀念，也不想浪費口舌了。

出了她娘的屋子後，她吩咐身後的菁兒。

「叫阿誠、阿立過來。」

「是。」

菁兒匆匆而去，很快就將兩人帶過來。

虞巧巧讓菁兒關上門，在花廳向兩人低聲命令。

「去查查這個人。」

她將資料丟到案上，兩人一齊上前，拿起紙，就見上頭寫著一個男人的名字。于少言。

兩人抬頭看向虞巧巧，虞巧巧解釋。「我娘替我訂親的對象就是這人，是個捕快，你們去查查，這人有功夫，小心行事。」

聽到「捕快」二字，阿誠差點笑出聲來，但還懂得隔牆有耳。

「夫人真會挑，挑個跟咱們對幹的。」

刺客嫁捕快，絕對是冤親債主來討債。

「虞家大姑娘體弱多病，一直在別莊上養病。」

「這也是為何她到了二十才說親的緣故，以往也不是沒人去提親，但都被婉拒了。」

「人長得挺漂亮，對人也客氣，是個溫柔的姑娘。」

「聽說最近訂了親，人就回來了，身邊跟著一個醜丫鬟和兩名俊護衛。」

鍾泰聽著包打聽說著，聽得差不多便給了一錠銀子，包打聽接了心喜。

「多謝大爺。」

鍾泰不只找包打聽，也找了虞家的街坊鄰居打聽過，所有說詞都對得上，大夥兒對虞家大姑娘的評論也都差不多。

溫婉、漂亮、體弱多病。

身為六扇門的捕快，除了從別人嘴裡套話，有些事還是要親眼證實才能相信。

鍾泰施展輕功來到虞家，接著往後院去，他悄悄來到窗口，往裡頭看，瞧見了一名女子。

她坐在案前，似乎正在看書，從這個角度看去，可以瞧見這位姑娘長得確實不錯，不過對於見過許多美人的鍾泰來說，也只是不錯而已，正當他打量對方時，有人推門而入。

鍾泰瞧去，當瞧見女子臉上的斑時，他愣了下，進而恍悟，原來醜丫鬟是這個意思。他正想著虞家大姑娘還挺心善，願意用一個臉上有醜斑的丫鬟時，坐在案前的大姑娘突然將桌上的杯子往地上一丟，哐噹一聲，杯子摔得粉碎。

「這茶冷了，再去倒來！」

醜婢先是愣住，接著連連道歉，便又急急退出去。

鍾泰意外，接著嘲諷地笑了笑。

身為六扇門的捕快，常常要密探各家宅子，因此見到私密之事不足為奇，有人白天道貌岸然，晚上吃喝嫖賭樣樣來；有人在人前翩翩君子，人後盡做一些喪盡天良的事。

看來虞家大姑娘也是個人前人後不一的女子，外人都說她溫婉，誰知這溫婉是裝出來的，光是這脾氣，于哥肯定不喜。

鍾泰覺得查得差不多了，平頭百姓的日子大多索然無味，本就沒什麼好查的，一個姑娘家最多就是看品性。

他轉身，施展輕功悄悄離開。

屋內，虞巧巧盯著自己養的貓兒，見牠放鬆了身子，躺在椅上，舔著貓掌洗臉。

不一會兒，菁兒回來了。

「大姑娘。」

「進來。」

菁兒進屋，看了大姑娘一眼，探詢著問道：「大姑娘還氣嗎？」

虞巧巧微笑。「不氣了，把地上收拾乾淨吧。」

菁兒會意，這才鬆了口氣，立即拿掃把將地上的碎片掃起來，又用乾布將地上擦乾。

虞巧巧則抱起貓，脫了鞋，坐在炕上沈思。

菁兒把一切打理乾淨後，屋外的人也來了。

「大姑娘。」是阿立的聲音。

「進來。」

菁兒上前開門，阿立立即進屋，菁兒四處看了下才關門。

「如何？」虞巧巧問。

阿立點頭。「確實有人混進來，是個練家子，阿誠已經跟去了。」

虞巧巧摸著貓兒，她能發現有人進來，全靠這隻貓，這也是她養貓的用意。

當她還是情報人員時，習慣在家裝設警報器，防止他人探查她。來到古代，身為刺客組織的頭頭，她同樣也需要一套警報系統。

養貓，是最有用的。

她不像那些會武功的人那般，耳目靈敏到可以察覺細微的動靜，但是貓可以。

當發現貓兒盯著窗外時，她就知道可能有人混進來了。

將杯子丟到地上，是她給菁兒的暗示，菁兒會意，看似驚惶地退出，其實是去通知阿誠和阿立。

這一切過程要靠彼此的默契，這三人跟著她，早就培養出了默契。

虞巧巧不禁擰眉，她才剛回來，就有人摸進虞家探她的底，難道她刺客的身分被發現了？

她會懷疑不是沒有原因，自從刺殺杜成才失敗，又與六扇門的人打了一架，她就暫時歇息，想避個風頭，觀望一下。

「等阿誠回來再說。」

半個時辰後，阿誠回來了。

「是衙門的人。」阿誠說。

阿立和菁兒聽聞都變了臉色，看向虞巧巧。

虞巧巧擰起眉頭。「真是衙門的人？」

「那人穿著武官服，是衙門捕快沒錯。」

正當大夥兒以為真被官府盯上時，阿誠又說道：「不過，那人並不知道咱們的底。」

阿立好奇地問：「你有什麼發現？」

阿誠瞧了阿立一眼，最後看向虞巧巧。「大姑娘，我一路跟著他，看到他進入北大門胡同于家。」

虞巧巧一愣。「于家？哪個于家？」

阿誠笑得玩味。「就是您要訂親的那家。」

虞巧巧驚訝，接著也露出玩味的神情，沒想到對方居然也找人來查探她，這就引起她的好奇了。

「說來聽聽。」她對阿誠道。

阿誠立即把自己打聽到的全說出來。

「那人在衙門當差，是名捕快，聽街坊鄰里說他性子溫和，他爹在他小時候就去世了，他娘獨自將他扶養長大，百里之內，都知道他是個孝子。」

「哦？」虞巧巧挑眉。聽起來很普通嘛，孝子……該不會是媽寶型的人吧？

接下來才是重點。「據查，于夫人總共為兒子訂過三次親事。」

「咦？真的？」菁兒驚訝，虞巧巧聽了總算覺得有點興趣。

阿誠興致勃勃地把自己打探到的消息娓娓道來。

于少言，今年二十六，之所以到了這個年歲尚未成親，是因為訂了三次親最後都沒成功。

第一次訂親，對象是知縣家的三姑娘，可是訂親沒多久就爆出退親，原因不得而知。

第二次訂親，對象是林員外的獨生女。林員外是大戶人家，極疼這個女兒，但訂親一個月後就突然退了親，原因同樣不得而知。

第三次訂親，對象是武館東家的姪女，但後來這位姪女離家出走，因此親事又告吹了。

一次退親，可能是女方家的關係，可是三次退親，那就不得不讓人懷疑男方家有問題。

鄰里百姓議論紛紛，甚至有人繪聲繪影地傳出男方有「那方面」的隱疾，才惹得女方家退親。

虞巧巧聽到這裡後，思考了一下。「今晚咱們去探探于家。」

三人聽聞皆一臉嚴肅，心想大姑娘總算正視自己的親事了。

哪知虞巧巧摸摸下巴，一臉看戲地說：「被退親三次可不是普通男人辦得到的，我去看看他到底有何能耐？是不是有什麼三頭六臂？」

這語氣……聽起來就是出於好奇和幸災樂禍。

明明是女子的終身大事，到了大姑娘這裡就成了微不足道的小事，家人給她訂親時，她懶得去看，但發現對方被退親三次時，她反倒好奇了。

也罷，這才是他們的大姑娘。

「咱們要夜探于家嗎？」

虞巧巧瞟了他們三人一眼，勾起笑。「去看個人而已，不必偷偷摸摸的，咱們光明正大的去。」

隔日一早，虞巧巧坐上馬車來到于家。

她才不管女子婚前不可與未婚夫相見的規矩，在她這裡沒這些顧忌，若傳出去她跑來偷看未婚夫，那更好，最好讓對方認為她恬不知恥，把親事退了，如此便省了她的事。

虞巧巧等著，不一會兒，側門開了，一名男子騎馬而出，在經過她的馬車前，停了下來。

男人銳利的目光射來，直直盯著馬車，微微瞇細了眼。

銳利的目光彷彿要穿透車窗，瞧見車內的人。

事實上，車內昏暗，若不打開車門，外頭的人根本看不清車內。

男人看了一會兒，才扯動韁繩，繼續前行。

安靜的清晨，馬蹄聲噠噠踩在石板路上，分外清晰，沒多久，男人騎馬的身姿就沒入巷口的轉彎處。

卻是說時遲那時快，劍氣如風而至，破開了馬車門，劍尖直指車內的女人。

「啊——」女人尖叫，被劍尖和男人的闖入嚇得不輕。

女人臉上戴著黑色面罩，遮住了容貌，于飛劍尖指著她的脖子，輕輕一揮，精準地削掉她臉上的黑布，露出一張有醜斑的容顏。

于飛一愣，女子驚懼，待他的劍尖稍微遠離，女子忙將黑布撿起遮住臉，露出被人窺見醜貌的難堪。

于飛冷聲問：「馬車何故停在此處？」

女子尚未回答，倒是外頭的人給了答案。「姑娘，小的回來了……咦？你是什麼人！」

于飛轉頭，劍尖一掃，指向車夫，車夫嚇得掉了手上的東西，是一塊用葉子包住的豆腐，他抬眼，那是巷口賣的豆腐。

女子結結巴巴道：「我、我生得醜，不想嚇人，故而將馬車停在此，避免讓人瞧見。」

于飛打量了兩人一會兒，收劍入鞘，淡道：「失禮了。」丟了一錠銀子給車夫。「這是賠償。」說完，他便躍起，坐回自己的坐騎，騎著馬走了。

待人走遠後，菁兒與阿立對視一眼，阿立坐回前頭，駕車離開。

直到離得夠遠，藏在車內椅背後的人才突然出現，正是虞巧巧。

這輛馬車是她找人特別訂製的，按照她的設計去打造，菁兒坐的位子後面有一個空間，她人一鑽，就可以馬上鑽進去。

因此當瞧見于飛時，她立即認出了他。

情報人員做久了，有一種天生的危機感，那是一種直覺，在于飛逼開車門之前，她已經事先藏到暗格裡，同時屏住呼吸，這才躲過于飛的盤查。

虞巧巧命令。「先回去。」

菁兒和阿立同時感受到了大姑娘的嚴肅，不敢多耽擱，立即駕車就走。

回到虞家後，虞巧巧跳下馬車，直奔娘親的房間。

「退親！」她堅定道：「一定要退親，若不退親，大禍臨頭！」

虞夫人瞪大了眼，女兒劈頭就喊要退親，差點讓她嗆到茶水。

母女倆為此真正吵了一架。

好不容易為女兒訂了一門親事，而且對方的家世和長相，虞夫人是極為滿意的，況且對方還在六扇門做事，光這一點，就沒人敢欺上他們家。

虞夫人都已經在盤點給女兒的嫁妝了，聽到她不嫁，說什麼都不答應。

虞巧巧跟她說不通，轉身就回了屋，菁兒跟著進屋，就見到大姑娘開始打包。

「咱們離開。」

不說廢話，就一個命令，清楚表達了決定，大姑娘說不嫁就不嫁，就算天塌下來也不嫁的氣勢，無人能撼動，包括虞夫人。

父母之命，媒妁之言，困住了多少姑娘，但在大姑娘這裡，完全不是問題。

「是。」菁兒應了聲，便開始幫忙整理行囊。

虞巧巧看她。「咦？妳不怕？」

照理說，大姑娘要走人，身邊的貼身丫鬟會急著去通知夫人，畢竟她們是奴婢，主人失去理智，身旁伺候的人就要懂得阻止，就算阻止不了，也不能幫忙。

菁兒不但沒阻止她，還理所當然地幫她整理行李。

「我是大姑娘的人，只聽大姑娘的。」

這就是虞巧巧為何喜歡菁兒了，菁兒雖然相貌不好，但是聰明又受教，一教就懂，不像她的古代娘，觀念難改。

虞巧巧也懶得再浪費時間，她決定乾脆來個眼不見為淨，留封書信說自己會找夫婿，找到再回來。

至於找多久，由她自己決定。

「去通知阿誠、阿立，打包走人。」

菁兒聞言，匆匆去了，約莫過了兩刻，菁兒又匆匆回來，一臉沈重。

虞巧巧奇怪地問：「怎麼了？」

「大姑娘，那個人來了。」

「誰？」她一時還沒意會。

「就是……那個人啊。」

虞巧巧停下手邊的動作，瞇細了眼。「訂親的那個？」

菁兒點頭，怯怯地看著大姑娘，不知該怎麼辦，她感覺那男人不好惹哪。

虞巧巧「呵」了一聲。

對方有種，居然找上門來了，她倒要看看，那男人想幹什麼？
最好是來退親的，若不是……沒關係，她一定會讓他改變主意，退了這門親事。

第六章

阿誠和阿立在前院廳堂，眼觀鼻、鼻觀心，于飛則坐在椅上，飲著茶，笑咪咪地看著兩人。

大姑娘訂親的男人，身形挺拔，那一身飛鳶服穿在身上，氣勢凌厲。

在衙門當捕快？消息沒錯，但……不夠精確。

同樣是衙門，卻有等級之分。

同樣是捕快，卻有地位之分。

六扇門的捕快和知縣衙門的捕快，相當於將軍和小兵的區別。

眼前的男人，身上穿的是飛鳶服，腰間佩的是黑虎刀，這是六扇門的服飾，小官見了打顫，大官見了忌憚，連三歲孩童都知道六扇門不好惹。

他們受命於刑部，專辦大案子，追緝朝廷要犯，是一個連江湖人都不敢惹的衙門。

阿誠向來嘻皮笑臉，此時也一本正經，藉此掩飾內心的驚訝。

于飛始終帶著微笑，好整以暇地坐著，此時門被打開，眾人同時看去，來的人是虞老爺。

于飛站起身，笑著拱手。「虞伯。」

虞巧巧來時，見阿誠和阿立都在廳外，她看了他們一眼，便來到廳前，連個招呼都不打，直接進去。

一進門，她見到的情景是古代爹和那男人相談甚歡。

姑娘家大門不出、二門不邁，通常都待在後院，不會隨便去前院見客，若要見客，也必須經過爹娘同意，由丫鬟陪同到前院。

偏偏虞巧巧不是一般姑娘，她大剌剌的出現在此。

「爹，有客人啊。」

她明知故問，嘴上問她爹，一雙眼直盯著男人。

她與他目光相對，這會兒看得比先前更清楚。

他就是當初她刺殺杜成才時，礙她好事的那個人。

虞老爺都不知道要說她什麼好，當然，他也知道女兒不想嫁人，因此這番動作肯定是故意想嚇跑對方。

虞老爺瞪了女兒一眼，回頭對于飛熱絡地賠笑。

「這是大女兒，性子……直爽了點，你別介意、別介意。」

于飛確實在打量眼前的女子。

她是個美人，但是美人對他來說並不稀奇，以他的身分要娶一個美人很簡單，就看他有沒有興趣。

該娶什麼樣的妻子，他心中自有計量。

虞巧巧才不管她老爹的眼神警告，直接不客氣地問：「你來做什麼？」

虞老爹想死的心都有了，女兒是什麼脾性，他太了解了，當時聽到自家夫人打算先斬後奏，直接訂下親事時，他就大力反對過，但他婆娘不死心，硬要湊合這門親事，現在好了，果然女兒故意找碴，對方恐怕被激怒了。

于飛卻是絲毫不以為意，無視她語氣中的挑釁，站起身，雖是官身，卻謙虛有禮，一點做官的架子都沒有。

「在下于飛。」他先禮貌地介紹。

虞巧巧心下錯愕。「你不是叫于少言？」

于飛笑笑解釋。「我本名于飛，字少言。」

「……」媽蛋！名字就名字，沒事取什麼字，古代人就是事多！

虞巧巧在心裡把阿誠罵了一遍，他是怎麼查的？居然沒查出這傢伙就是江湖上大名鼎鼎的于飛，聽聞于飛武功高強，十分不好惹！現在人都找上門來了，又不能打草驚蛇。

虞巧巧喔了一聲。「你來做什麼？」

虞老爺心臟陡跳，等著于飛發怒。

誰知于飛不但沒發怒，反倒也不客氣地上下打量她，評了一句。

「聽說我訂親的姑娘是個刁蠻美人，過來看看。」

「……」虞老爺突然發現這個于飛不是正常男人，見女兒如此不守禮，也不見怒容。

虞巧巧聽了，笑道：「敢當著我的面說我刁蠻的，你倒是第一個。」

于飛笑道：「當著妳的面說妳是美人的，相信我不是第一個。」

「……」小子，你這話有調戲的成分在喔！虞老爺繼續裝死。

虞巧巧發現這男人很沈得住氣，不但沒有被她的行為嚇到，對她的無禮也很淡定。不過始終帶笑的人通常都是戴著一副面具，私下另有德行。

「你究竟來做什麼？」

「我來看妳。」

「你家不是有我的畫像？」

「看畫像不如看本人實在。」

「現在你看到了。」

「比畫像更美。」

這算當眾調戲了吧？虞巧巧瞪向她爹，女兒被調戲了，你這個做爹的總要表示一下吧？

虞老爺呵呵笑道：「賢姪有眼光，我這女兒，遠的不說，近的都知道，是個大美人。」

嘖！虞巧巧現在知道為什麼自己被出賣了。「多謝謬讚，不過我只是長得美，性子可差勁了。」

「哦？」于飛挑眉。「如何差勁？」

呵，這可是他自己要問的，正中她下懷。

「我生性好動，不服爹娘管教，十一歲就去武館學拳腳功夫，十二歲就去找人單挑。我脾氣不好，性子刁蠻，一言不合就想跟人吵，爹娘怕我壞了閨閣女子的清譽，便以體弱多病為由把我送到莊子上，藉此掩人耳目，怕我嫁不出去。」

言下之意就是「你也別查我了，我不符合賢妻的標準，良母更是沾不上，母老虎一隻，別娶了，快退親吧」。

于飛聽了意外，興味盎然地看著她。「妳倒是說得明白。」

「有些事當然說得坦白一點為好，免得誤人一生。」別誤我，也別誤你，咱倆都別做怨偶。

于飛豈會聽不出她言外之意？她不要這門親事，所以是來跟他攤牌的。

他倒是好奇了。

「妳不想嫁，是因為對我不滿意？」

虞老爺聽了，驚訝地看了女兒一眼，接著繼續眼觀鼻、鼻觀心。

「閣下相貌英俊，前途看好，於家世來說，是我配不上你；於私人來說，是我不想嫁人，不想一輩子被綁在後院，只能相夫教子，看婆婆臉色。」

男人都要面子，所以這事也不能做得太絕，既讓他瞧見她跋扈的一面，也要讓他不覺得被羞辱，畢竟這男人來自六扇門，不能與之為敵。

于飛突然笑了。「原來不是看不上我，那好……」

好的話就快退親吧，把這事給解決了，該幹麼就去幹麼。

「實不相瞞，我今日拜訪，正是為了親事而來。」

虞老爺一顆心又提了起來，心想這門親事八成吹了。

「坊間關於我曾經退親三次的傳聞，虞伯應該有所耳聞，因此小姪今日特來說明，于、虞兩家已經訂親，我會依約定，親自來虞家迎娶。」

虞老爺頓時呆了，虞巧巧也愣住了。

他說他要娶？

在她自貶之後，他居然說要娶她？

于飛站起身，朝虞老爺拱手告辭，又笑著看了虞巧巧一眼，才越過她走出廳堂，離去時還對虞老爺說：「都是自己人，不用送。」

虞巧巧回頭望著他離開的背影，瞇細了眼。

這男人……原來喜歡潑辣的？

不一會兒，聞風而來的虞夫人匆匆趕過來。

「聽說于家公子來了？已經走了？怎麼就不多留他一會兒？他說了什麼？來咱們家為了何事？」

瞧虞夫人心急的樣子，八成認定自家女兒得罪人家了，氣得瞪著女兒，準備挽起袖子吵架，忙被虞老爺打住。

「妳看上的好女婿，特來允諾說要娶咱們女兒呢。」

「老爺你……你說他要娶咱們女兒？」

「是啊，他剛才就是這麼說的。」

虞夫人轉怒為喜，樂得笑成了一朵花。

「太好了，于夫人是我的老姊妹，她向我打包票，只要她同意，她兒子就會娶，果然啊！」突然想到什麼，她瞪向女兒。「這樣的男人不好找，吉日到了，妳就給我成親去！妳若敢消失，娘就死給妳看！」

女兒什麼德行，當娘的太清楚了，先撂下狠話再說。

虞巧巧翻了個大白眼，除了以死相逼，她娘就沒別的臺詞了。

女兒走後，虞夫人驚疑不定地回頭問丈夫。「她這是答應了還是不答應？」

虞夫人有點拿不准這個女兒的心思，沒辦法，這個女兒太有主見，不是當娘的可以掌控的。

虞老爺拍拍妻子的背，扶著她坐下，為她倒杯茶，讓她潤潤喉。

「他們兩人都相看過了，于家小子說要娶呢，這件事就這麼定了，咱們也不必擔心了，等著辦喜事吧。」

虞夫人笑了，連連點頭，她不知道，這件事的前提是——女兒沒跑路。

虞巧巧跑了。

她留下一封書信後，立刻溜之大吉。

于飛這男人三次出現在她面前，都給她留下了危險的印象。

第一次是在馬巍坡，他下手狠戾，多虧她機靈才能逃過一劫。

第二次在馬車裡，這男人去而復返，殺她個措手不及，幸虧她及時躲進車內暗格才沒被發現。

第三次他直接登門，她都自貶形象擺明不嫁他了，他卻偏要娶。

總結以上三次，她對于飛這人下了結論。

狡猾、強勢、臉皮厚，有手段。

她頭殼壞掉才給自己找這種冤家來困住自己。

她打算這次在外頭待個幾年再回虞家，她娘找的親事由她娘去收拾殘局，她要回莊子讓自己耳根清淨。

「莊主回來了！」

當虞巧巧一群人騎馬出現在莊子外的道上時，高塔上的探子立即通報其他人。守門的人聽到通知，立刻熟練地打開門。

虞巧巧迎著風，瞧見了遠處的炊煙，以及高臺上和門外朝她揮手的手下們，還有人陸陸續續跑出來，這是聽到風聲後出來迎接她的。

虞巧巧不禁彎起嘴角。

她穿來這裡十年了，那時她一無所有來到陌生的地方，文化、習俗、制度全都不一樣，加上時空的隔閡，真真正正是孤獨一人。

她不怕孤獨，適應力也強，相信只要有頭腦、有能耐，不管去哪兒都可以重新再來。

這個莊子是她十三歲時，自己接了三個案子、殺了三個惡人賺來的第一桶金買下的資產，還用銀子買通一名小貪吏，偽造一紙文書，將土地和屋子歸在她名下，然後她再找來一名戲子假裝是路過的江湖俠士，說她根性奇佳，是練武奇才，欲收為徒。

她爹娘信了，讓她坐上馬車跟著「師父」走了，一出城，她就支付說好的報酬，把假師父打發走，自己則帶著阿誠、阿立，買了三頭驢子，建立屬於自己的「基地」。

為何是驢子？因為驢子便宜，而且阿誠和阿立即使正在長身子，腿不夠長，尚不能騎馬，只能先挑較矮的驢子當交通工具。

初期的莊子只是一間茅草屋，他們三人就窩在茅草屋，吃住都在一起。阿誠和阿立本就是乞兒，放在外頭可能沒人要，但她看上的就是兩人的乞兒身分，舉目無親，吃苦耐勞，可以跟著她打拚。

兩年後，她十五歲及笄，礙於有些事男女不便，她需要一個丫鬟，挑來挑去，最後撿回一個姑娘，就是醜婢菁兒。

菁兒雖醜，但很能幹，做什麼都很努力，話又少，令她非常滿意。

她知道刺客這個行業風險大，就勝在賺錢速度快。

以古代的物價來算，接一門生意可以吃三年，這還算是小生意，若是大的，例如殺一名盜匪頭子，酬金可以吃十年，但風險太大，殺一個盜匪頭子得罪整個山寨，她才不幹。

她深知欲速則不達的道理，做生意不能貪，公司營運講究的是穩健成長，才能永保平安，所以她專挑無後顧之憂的案子。

劫色，殺。

劫財，殺。

沒靠山的惡人，殺。

沒實力的壞人，殺。

貪官……呃，七品以下的小官才考慮殺，而且是用意外死亡的處理方式，絕不讓人知道是他們幹的。

江湖惡人……抱歉，另請高明，她不碰道上的，跟道上結仇會沒完沒了。

總之講白了，專挑軟柿子吃。

隨著銀子越賺越多，她可以養更多的員工，便開始物色和挑選「有緣人」來加入她的團隊。

十年過去，黑岩在江湖上打出了名號，還蓋了馬場、練武場、兵器庫、地窖等等，每個人身兼兩種身分，都有各自的職責。

白天是工匠、是廚子，平時無事就各司其職，當生意上門時，所有人就成了刺客。

她不貪，不想壯大組織，人數太多不僅難以管理，還樹大招風。

看著自己這十年來建立起的門派，虞巧巧露出欣慰的笑容，這裡才像是她的

「家」——有夥伴的家。

一行人回到莊子，虞巧巧覺得全身舒暢，少了家裡催婚的烏煙瘴氣，多了自由自在的愜意，連呼吸的空氣都覺得乾淨清爽。

「莊主。」眾人聽聞莊主回來，趕來迎接。

「莊子上可有什麼事？」

「無事，一切安好，就是……」

「就是什麼？」

「就是少了您，怪無聊的。」話落，眾人大笑，虞巧巧也笑了。

這些員工雖然幹的是殺人的行業，但是殺的是作惡多端的惡人，為民除害之際也能賺自己退休的老本，晚上睡覺不怕作惡夢，心安理得，對這些古代人來說，這樣的日子極好，很安穩。

想當初，除了最早跟著她的阿誠和阿立，以及對她忠心耿耿的菁兒，其他半路加入這個團隊的人，雖然嘴上不說，但心底多少還是懷疑女人當家的能力，都抱持著觀望的態度。

沒多久，那些半路加入的人就體會到虞巧巧統領的能力。

她依據每個人的特色和能力，制定一套訓練課程。

大夥兒既然靠功夫吃飯，練武必不能荒廢，平日要勤於練功和切磋，這是本業，同時她還規定每個人休閒時要看書。

是的，看書。

不會認字的就去學認字，不會寫字的就去學寫字。

她的莊子裡有一間小型藏書閣，裡頭有各式各樣的書籍，她覺得心靈也需要成長，唸書可以增長一個人的氣質，不可以當文盲。

大夥兒一直覺得讀書是讀書人才做的事，第一次聽到讀書是為了讓內心成長。

眾人似懂非懂，不過一旦開始學寫字、學閱讀，大夥兒漸漸感覺到不一樣了。

怎麼說呢，感覺心口好似特別豐足，除了練功外，眾人多了更多東西可以學習。

另外，大夥兒除了練武外，還得培養一項技藝，按照莊主的說法，這叫第二專長，也叫培養興趣。

「我們還年輕，仗著年輕可以出去打打殺殺，但總有老的一天，老的時候只花錢，那心靈太空虛了，這時候年輕時培養的興趣就很重要了。」

莊主口才相當好，一步一步地教大夥兒思考。

「興趣就是做自己喜歡的事，不過是正當的事，不傷財、不傷身，愉悅自己，心安理得就對了。」

這便是虞巧巧安排課程的原因，她希望莊子上的每個人都找到興趣，有興趣就會過得開心，一開心，人與人之間就會變得親近。

這就是他們刺客組織與其他組織不同的地方，其他門派大多性格陰暗、疑心病重，他們則相反，人人常掛笑臉，別人瞧見他們，絕不會聯想到他們是刺客。

當然，也有例外的，明明日子過得挺好，但生性冷淡。

梅冷月看了她一眼，然後目光轉向她身後的菁兒。

在他視線觸及的同時，菁兒身影一閃，躲到虞巧巧身後去了，連個背影都吝嗇給他。

虞巧巧笑得見牙不見眼，她的幸災樂禍向來很光明正大。

「我回來了，瞧，給您帶了翠玉樓的桂花糕。」虞巧巧一臉討好，沒辦法，這位江湖名醫性子冷傲，需要好好供著。

梅冷月是個異類，他不缺金銀財寶，她能請得動他，只因為……她當初沒殺他。

她想起兩人當初的第一次見面。

「有人花銀子要殺你，你最好避著點。」

梅冷月打量她。「妳是刺客？」

「是。」

「為何不殺我？」

「你名氣大，又長得俊，殺了可惜。」

當時，梅冷月一直盯著她，她也笑咪咪地讓他盯著看，良久——

「妳說謊。」

「好吧，其實是我怕你，根據可靠消息，你不但是用藥高手，同時也是用毒高手，傻瓜才與你為敵呢。」

這才是大實話，虞巧巧出任務前一定會做足功課，避免被誆騙。

花錢買人命的買主也有不老實的，梅冷月的案子就是個例子，因為梅冷月在江湖上的稱號是「奪命華陀」。顧名思義就是，要他救瀕死之人有一個條件，就是拿對方身上的東西來交換。

可能是一隻手、一隻腳，也可能是鼻子或一隻眼，甚至有可能一命換一命，端看他要對方付出什麼代價。

為此，最後衍生出有人反悔不付醫藥費跑了，甚至買凶殺他。

虞巧巧就是人家花了大筆銀子委託的，但虞巧巧可不傻，價錢高出行情，必定有鬼。果然，在她細查之下，才知道那些拿錢來殺他的刺客都被反殺了。

虞巧巧反其道而行，大剌剌地找上門，直截了當地告訴對方。「我不想殺你，你也別找我，咱們不結仇，順便賣個好，做個人情。」

誰知此舉反倒對了梅冷月的脾性，主動跟著她回來了。

梅冷月收下桂花糕，打開看了一眼，對她道：「要配茶。」

「好咧，我去叫青青她們三個——」

「叫她泡。」白皙的手指著她身後躲著的女人。

虞巧巧頓住，回頭一看，果然見到身後的菁兒一臉死魚樣。

「好菁兒，去泡壺熱茶吧。」虞巧巧笑著給她打眼色，泡茶而已，不會少塊肉，乖啊。

菁兒抿著唇，橫了男人一眼，才朝莊主點點頭，轉身去準備。

茶點就在園子內六角亭裡享用，旁邊就是桃花園，風景宜人，菁兒不只按摩的手藝好，泡茶的功夫也很講究。

虞巧巧臉上帶笑，事實上自從梅冷月向她要菁兒不成時，她就時不時地偷笑。

菁兒泡好茶，為兩人斟好熱茶，便自動地退到虞巧巧這邊，並且隔了十步遠，然後喬了喬位置，讓虞巧巧的身影擋住她。

「……」梅冷月臉色更沈了。

虞巧巧差點憋不住笑，她很樂見梅大帥哥吃癟，愛極了菁兒這麼有個性，對於梅冷月會看上菁兒而沒有選擇青青、柳柳和圓圓三位美人，她其實也很意外。

按照現代的標準來說，梅冷月屬於上流人士，對人事物都很挑剔，光看他的穿衣風格和家具，便知他極愛潔淨，對美感的要求極高，這樣的男人怎麼會瞧上臉上有醜斑的菁兒？

虞巧巧直接把問題問出來了，結果惹來梅冷月眼中的寒芒。

「她哪裡醜了？」

這話把她給驚到了，待梅冷月甩袖離開後，虞巧巧轉頭看向菁兒。

「妳聽到了嗎？」情人眼中出西施啊。

菁兒不屑地哼了一聲。「他眼睛有病。」

「……」虞巧巧感嘆，不愧是她的菁兒，這樣都能無動於衷，好樣的。

才。

虞巧巧繼續過著既逍遙又緊湊的日子，騎馬鍛鍊、找手下切磋，準備再次刺殺杜成開玩笑，經營公司最注重信譽，她接下的生意可沒有半途而廢的道理。

第七章

杜成才死了。

他的父親杜守財哭著去衙門報案。

鍾泰和其他捕快們立即將這消息告知于飛。

「于哥英明，真出事了！」

「當初薛凌東那傢伙來炫耀時，我真不服氣，現在我可羨慕他了，搞大了事，多好！」

「于哥料事如神，咱們佩服！」

「開玩笑，于哥是什麼人？是咱們六扇門的神捕呢！杜守財那個蠢材活該，自己去找薛凌東，死了兒子怪誰？」

「是啊，咱們于哥至少幫他保住了兒子，現在可好了，死了兒子又失了財，怪他自己嘍！」

現在薛凌東自己搞砸了，眾弟兄們一改先前的烏煙瘴氣，真是出了一口怨氣！

大夥兒幸災樂禍薛淩東自己壞了事，而于飛感興趣的卻不在這裡。

「杜成才是怎麼死的？」

說到這個，眾人更樂了，因為連打聽都省了。

「死在青樓妓子的床上，這事在京城鬧得還挺大。」

原來，薛淩東派了兩名手下去杜家守著，讓杜成才不要出門。

可杜成才哪可能那麼安分待在宅子裡？聽說萬花樓來了個新人，十五歲，還未開苞，萬花樓公開招標，銀子多的勝出。

杜家有錢，杜成才撒了大把銀子，最後以一千兩得標。

「薛淩東派去的兩人，前前後後搜查了屋子，連那妓子都仔細搜查過了，沒功夫，一切沒問題。」

于飛問：「既然她沒功夫，身上也沒有任何兵器和尖銳之物，她如何能殺死杜成才？」

「杜成才是被毒死的。」

于飛意外。「如何下毒？」

說到這個，連鍾泰都不厚道的笑了，指了指胯下。「妓子給他擦了神仙油，快樂似神仙。」

原來毒下在春藥裡，妓子是頭一回，怕疼，杜成才便給自己那話兒抹油，好讓她舒服些。

哪想到下面塗了毒，一興奮，血管一吸收就爆了。

于飛一聽，奇怪地問：「當初沒查出那個叫什麼油的有問題？」

照理說，派去的兩人會把所有東西都測試過，防止他人下毒，這是最基本的，怎麼會連春藥有毒都查不出來？

「嘿，說到這個，杜成才真是死有餘辜，那神仙油是他帶來的。」

于飛又是一怔，摸著下巴，把這案子的脈絡想了一遍，忽然明瞭。

「呵，高招。」他笑著讚許。「這方法妙。」

「于哥？」

「能夠殺人於無形，又不留下痕跡，妙。」

鍾泰才不管妙不妙，杜成才死了，薛凌東搞砸了，這事值得飲酒慶祝。

于飛也笑了，他笑的卻不是薛凌東他們，而是笑那個聰明的刺客。

話題一轉，他問鍾泰。

「華珍樓訂的首飾可做好了？」
「說好今日完工。」
「讓他們直接送去虞家。」
鍾泰聽了，低聲問：「于哥，真要娶她？」
于飛彎起嘴角。「是。」
「原來您喜歡脾氣烈的。」鍾泰上次去虞家探查過，瞧見那女子的火爆脾氣，回來跟他報告，本以為于哥會退了這門親事，哪知于哥去虞家見了那女子後，竟說要娶。
提起她，于飛笑意更深。「確實是一匹烈馬。」
于哥想當那個馭馬人？鍾泰從不知道，原來于哥有這癖好。
見鍾泰不以為然，于飛笑問：「怎麼？」
「前三家，不論家世或容色，都比這個強多了。」
外人皆以為于哥被退親三次，只有鍾泰知道，是于哥退了人家三次親，他是孝子，不跟他娘吵，直接使手段讓女方家知難而退。
若是女方退親，于夫人就沒意見了。
但是鍾泰為于哥委屈呀！論條件、相貌和才華，于哥該娶家世、容貌、才華兼備的貴女才對，卻只娶了一個平民女子，多可惜啊！

于飛只是笑笑，對他道：「等過了門就是你們的嫂子，要敬她。」喲，還沒過門就先幫人家講話了，可見是真的上心。

「明白了，我會告訴兄弟們。」

他們這群人能進六扇門的，除了少數是平民被拔擢，大都是勛貴之家的庶子。嫡子要襲爵，庶子要出人頭地就要另闢蹊徑，考武舉從戎是一種，另一種就是進六扇門。

鍾泰是戶部侍郎家的庶子，幸虧他武功底子好，想待在京城，因此選擇了六扇門。

于飛雖然沒有顯赫的家世，可是他牛啊，被刑部大人親自提拔，進入六扇門後，破了好幾件大案子，蒙皇帝召見，御賜寶刀，把幾個弟兄羨慕得要死。

鍾泰不看家世背景，只服真正有實力的人，于哥是他第一個服氣的人。

雖然不明白于哥為何看上虞家那位，但既是于哥想娶的人，他便也會敬那人為嫂子。

此時一名手下匆匆來到兩人面前，低聲說了幾句話。

于飛頓住，鍾泰卻是變了臉色。

「此話當真？」

「弟兄們親耳聽那位管家說的，虞夫人還為此氣得躺在床上鬧心口疼。」

鍾泰也怒了。「豈有此理！于哥，那女人跑了，這是根本不把你放在眼裡啊。」

于飛卻是一臉興味，不怒反笑。

「我怎麼一點也不感到意外呢？」

她跑了，更證明她就是那個蒙面女刺客，遇到他這個六扇門的捕快，她不跑才不正常。

但跑得了人，卻跑不了廟，他有一種貓捉老鼠、勢在必得的愉悅。

這一回，娘總算幫他找了個令他十分中意的媳婦了。

有鑑於六扇門的人介入，不宜與之正面衝突，虞巧巧改變了刺殺的方式。

反正客戶又沒規定目標要怎麼死，只要把人解決掉就好了，因此虞巧巧不採取刺殺，畢竟刺殺太耗費力氣，她決定智取杜成才的小命。

找出目標的習慣、日常動線、流連什麼場所，以及常與什麼人接觸，查這個太簡單，很快就歸納出幾個重點。

杜成才好賭又好色，一開始怕被刺殺，整天龜縮在家裡，但是久了肯定受不了，必會找樂子。

賭場容易被埋伏，六扇門的人必然不讓他去。

女色是很好的下手處，正愁著呢，就打聽到萬花樓有未開苞的雛兒要競標，當下虞巧巧靈機一動，腦子動到梅冷月身上。

她帶著菁兒去找梅冷月，跟他討有毒的春藥，而且是無色無味、不會被發現的毒藥。

她心想，有心上人在，梅冷月也不好拒絕吧？所以她讓菁兒幫忙，菁兒很爽快就答應了。

「咦？我以為妳會掙扎很久呢，我還有好多說服的說詞沒用到呢。」

「您是辦大事的人，從不會用私事勉強下人，難得開這個口，肯定是因為這事很重要，我們做手下的要幫您顧全大局。」

聽聽，多麼識相，多麼大氣。

在虞巧巧眼中，不管是什麼大美人，都比不上蕙質蘭心的菁兒。

「萬一……我說萬一，他提出要求，要妳怎麼辦？」

菁兒露出壯士一去不復返的嚴肅樣。「我想過了，反正我也不想嫁，貞操於我沒那麼重要，他若是要，我就陪他睡一次，但我還是您的菁兒，不屬於他。」就是只給一夜情就對了。

虞巧巧大笑，揉了揉一點也不覺得醜的這張臉蛋。

「放心，他若是這種趁人之危的小人，我也不會留他了，梅冷月這人很上流，不會做下流之事。」

菁兒跟隨她多年，知道莊主有很多奇怪又新鮮的詞會冒出來，因此明白「上流」的意思。

「我聽您安排。」

於是，虞巧巧就帶著菁兒一起去找梅冷月，本想著梅冷月可能會開出什麼交換條件，哪知他聽了卻是臉色一沈。

「本大夫沒那種下流的東西。」

虞巧巧呆住，春藥下流？那你製作毒藥好似也沒那麼高潔好嗎？而且梅冷月的態度有些奇怪，像是要撇清什麼？

她腦子轉了一下，猛然就明白了。

哈！從古至今，男人都一樣，春藥也是一種壯陽藥，男人吃壯陽藥怕被誤解為自己「不行」，所以都不願被人知曉。

梅冷月看似謫仙一般的人，不免俗的也怕在心上人面前出醜，他這是怕菁兒誤以為他要靠壯陽藥才能行房呢，難怪這麼激動。

「不是不是——」虞巧巧搖搖手，解釋道：「是要能下在春藥裡，不會被人發現的毒藥。」

梅冷月頓住，繼而明白了，虞巧巧刺殺杜成才受阻，想換個法子，這是來找他幫忙了。

梅冷月只思量幾許，便道：「等著。」轉身進入內屋，不一會兒，拿出一個瓶子遞上前。「此藥無色無味，只需滴上一滴，沾染者，不到一炷香工夫，便見閻王。」

「……」虞巧巧的手還停在空中，因為梅冷月直接越過她，話是對著菁兒說的。

菁兒一陣無語地看向莊主。

虞巧巧懶得計較，對菁兒點點頭，意思是「拿吧拿吧」。

菁兒這才伸手接過，卻察覺某人沒放手，她抬眼怒瞪著他。

「……」被瞪的梅冷月只好鬆手。

菁兒拿過藥瓶，轉手就交給虞巧巧。

虞巧巧東西拿到手，但也不敢取笑梅冷月，只得憋著，正經八百地朝他拱手。「多謝。」

她帶著菁兒，火速離去。

「快！趁他忘記跟咱們談條件要酬勞，趕緊跑！」

「是！」

耳力很好的梅大夫，目送著兩個占了便宜就落跑的背影，心很悶。

託梅冷月的福，任務達成！

虞巧巧為了求個安穩，直接派人去藥草鋪買了閨房之樂的神仙油，專給男人用的，有壯陽之效，然後滴了一滴，再想方設法將這東西交給杜家的下人。

杜成才不學無術，身邊難免有幾個諂媚的下人捧著他作威作福，其中一個叫魯石，向來喜歡說大話和邀功，也最愛抱杜成才的大腿。

就是這傢伙了！虞巧巧覺得魯石很適合當替死鬼，因此讓人接近他，想法子把神仙油介紹給他。

果然，魯石得了神仙油，立即去向少爺獻寶。

杜成才每天窩在家裡早就悶壞了，一開始他確實恐懼被人刺殺，可隨著日子一久，那難改的劣根性又開始犯了，加上有六扇門的人保護，他就慢慢放鬆了警惕，轉動著心思。

加上魯石獻給他的神仙油，令他心癢難耐，這時他聽到萬花樓來了個美人，要競價給她開苞……

杜成才才二十出頭，但沈迷於酒色，吃喝嫖賭樣樣來，早就虧空了身子，因此在女色方面有些虛，現在有了神仙油，他便動了心思要去競標。

要出門，就得先說服來保護他的兩位六扇門大爺，而銀子就是最好的橋梁。

兩名捕快都是男人，一聽到要去青樓競標，不禁都笑了。

兩人其實也有些悶，想出去透透氣，不過畢竟出自六扇門，行事還是十分謹慎，商量後最好的辦法就是派多一點人來，只要人多，刺客就有忌憚。

反正杜成才他爹有銀子，而杜成才也喜歡裝闊，兩名捕快對他提了這個建議，杜成才一聽就知道是要花銀子了，他心下暗罵，但面上大方。

「我請客，兩位爺能不能多找些人來，讓小的作東？」

這杜成才夠上道！兩位捕快都笑了，便回六扇門叫弟兄們來。

一群捕快浩浩蕩蕩地來到萬花樓，這麼多捕快在，就算真有人想鬧事也會歇了心思，眾人便相信刺客肯定不會這麼蠢，正面與六扇門為敵。

結果……結果就是，刺客不按牌理出牌，借刀殺人，把杜成才毒死了。

來了一堆六扇門捕快，連個刺客的面都沒見到，反倒讓杜成才死在他們眼皮子底下，而且還是死在青樓妓子的床上。

這事捅到了刑部大人面前，那天去青樓的十名捕快全部被剋扣一個月的銀子作為懲罰，這件事又讓鍾泰一夥人捧腹大笑。

而負責杜成才這件案子的薛凌東也必須負連帶責任，他不但被剋扣銀子，還被停職十日，回家悔過。

沒多久，于飛就被刑部大人召見。

當于飛回來時，眾弟兄們都圍著他。

「于哥，大人說了什麼？」

「該不會是跟杜家的案子有關吧？」

于飛點頭。「確實是跟杜家案子有關。」

鍾泰驚訝。「難不成……」

于飛彎起嘴角。「大人讓我繼續負責黑岩的案子。」

鍾泰等人聽聞，皆拍手叫好。

于飛笑笑。「我要去查案，出發前跟大人要了十天假，大人答應了。」

鍾泰拍胸脯。「那好，我跟您去！」

于飛道：「等我十日休沐回來再說。」

鍾泰勾起嘴角，朝他點頭。「行！」

「我不在這十日，你跟弟兄們安分點，別去嘲諷人家，好教他人瞧瞧，咱們素質不同。」

鍾泰等人又開始憋笑。「行，您放心，我和弟兄們會當沒這回事，這十日修身養性，等您回來。」

于哥這招狠，這時候別人都在盯著，上回薛凌東那派人馬對他們落井下石，現在他們這邊卻反其道而行，才是對薛凌東最大的羞辱。

于飛交代完便與鍾泰告別，出了衙門，策馬回去。

整整十日毋須去點卯，正好，他可以好好利用這十日去辦正事。

于飛勾起嘴角，策馬回去前，卻調轉馬頭去了另一個方向。

虞巧巧的眼皮突然又跳了。

殺了杜成才，任務達成，賺了一筆，一切都很順利，怎麼會突然眼皮跳呢？

上次有這種感覺，她遇到了那男人，現在這感覺……

「莊主。」門外有手下來報。

虞巧巧站起身，打開門問：「何事？」

「有人騎馬朝咱們這兒來了。」

「幾個人？」

「目前看起來只有一位，單槍匹馬的來。」

虞巧巧想了想，吩咐道：「若是路過，可以提供水和吃食，但若要借宿，打發走。」

「是。」

吩咐完，她轉身又回了屋，才坐下沒多久，手下又來通報。

「莊主，是找您的。」

虞巧巧訝異，她這桃花莊除了她自己，誰會知道？

「對方可有報上姓名？」

這時候她才發現，手下的眼神有些奇怪。

「有話就說。」

「對方說……是您未過門的夫婿……」

虞巧巧驚愕，不敢置信。

連她娘都不知曉莊子的地點，所以不可能是家人洩漏的，他是怎麼找到這裡呢？

前院，于飛雙手負在身後，打量著莊子。

在他四周，有人掃地，有人修剪樹枝，有人在擦牆，總之就是手上有事做，眼角餘光卻瞄著他。

明明人多，但現場就是有一種極為弔詭的安靜。

這男人穿著六扇門的飛鳶服，好整以暇地欣賞這個莊子，在眾多明裡暗裡射來的戒備目光下，依然言笑晏晏。

虞巧巧來到前院，見到的就是這幅詭異的景象。

不該出現在這裡的人，出現在此。

平常不掃地的人在掃地。
從沒剪樹枝的人在修剪樹枝。
擦……牆有什麼好擦的！
這些人不去練武場練功，在這裡做、什、麼？
當然是為了趕來看看這位自稱是莊主未婚夫的男子。
怪怪，他們都是刺客，莊主居然跟六扇門的捕快訂親？
梅冷月也來了，不像他人偷瞟，他正眼打量對方，直接問道：「請教閣下如何稱呼？」
「在下于飛。」
「于飛？江湖人稱笑面虎的于飛？」
「不敢，那是江湖人的戲稱，在下只是愛笑罷了，當不得一個虎字。」
笑面虎于飛？六扇門裡的狠角色！專辦大案子！
眾人眼神都變了，幽幽地看向他們的莊主虞巧巧，果然一臉黑。
功夫了得，辦案神速，揚言捉拿黑無崖歸案的笑面虎于飛，正一臉笑咪咪地盯著他們家老大呢。

虞巧巧暗暗做了個吐納，冷靜地問：「你一個人來？」

「是。」

「還有其他人隨後到？」

「沒有其他人，就我一個。」話題一轉，于飛微笑道：「路上馬不停蹄，未曾歇息，可否給杯水？」

虞巧巧瞪著他，又看向其他人。

耳目眾多，人多口雜，這裡不好講話。

「跟我來。」虞巧巧丟下一句話，轉身就走。

于飛也不客氣地抬腳跟上，經過某個人身邊時，將馬繩遞給他。

「餵馬兒喝點水、吃點草，有勞了。」又將一個戳了洞的盒子塞給他。「這是你們的信鴿，給。」

「……」虞巧巧腳步僵了下，原來是信鴿洩密，古代娘出賣我！

她後悔了，早知道當初就不該教她娘用信鴿傳訊給她。

古代沒有手機，訊息難以傳達，她當初為了讓爹娘答應她跟著假師父去練武（尤其是她娘），因此留了個通訊方式給她娘，說思念她時可以用信鴿傳遞消息。

信鴿的好處就是不用提供地址，又能時時寫信，她娘只要想她時，就把信綁在信鴿腿上，放飛出去。過了一陣子，信鴿帶回她報平安的信，她娘看到了，便相信她一切平安，人也就安分了。

哪知她娘竟會把信鴿給了于飛，信鴿往返虞家和莊子，是唯一知道路的，于飛肯定是用什麼方法，藉著這隻信鴿找到莊子。

這男人很聰明，不可小覷！

兩人先後走進客堂，虞巧巧站在門邊，面朝外，銳利的目光挾著警告。

「阿誠，吩咐所有人回去幹活。」意思是好好盯著大夥兒，她不希望有人跑來聽壁腳。

阿誠明白她的意思，對她點了個頭，虞巧巧這才將門關上。

當門關上的那一刻，眾人立刻動了。

牆不擦了，樹枝不剪了，地也不掃了，反正也只是裝的，紛紛圍著阿誠和阿立追問。

「怎麼回事？」

「這是訂親還是查案啊？」

「人家都找上門來了！」

「莊主要金盆洗手了？」

阿誠朝客堂的方向看了下，對眾人使了眼色。「這事說來話長，大家跟我去練武場。」

對方可是六扇門的捕快，有些話不能在此地說，大家都是混江湖的，明白輕重，便朝練武場走去。

阿立依然站在原地不動，眼睛盯著客堂的門板。

阿誠走過去。「阿立？」

阿立回頭看他一眼，又看向門板，沈默一會兒才移動腳步。

「我回自己的屋子。」越過阿誠，阿立頭也不回地走了。

兩人從小一起長大，有些事毋須透過言語，彼此也能會意。人都追到莊子來了，就不是幾句能打發走的。

他倆跟著莊主回虞家，知道的最多，也最清楚前因後果。

有些人表面看著好講話，實際上是最固執難搞的，那男人就是。

男人最懂男人，那男人既然都登門了，怕是不會輕易放棄。

阿誠心裡雖然這麼想，但還是追上去安慰阿立。

「莊主可不是一般女子，她有主見得很，這事還沒個定數呢。」

阿立搖頭。「別安慰我，就算沒有他，莊主也不會選我，我心裡清楚得很。放心，我想得很開，能看著她就好了，她若喜歡，我就支持她；她若不喜，我就當她的刀，為她擋開礙事的人。」

阿立其實比誰都看得清楚，莊主很不一樣，她對嫁人這種事絲毫沒有興趣，如果她對人產生興趣，必然不是因為這人的相貌或家世，而是此人有特別之處。

例如性子怪異的梅冷月，又如有個性的菁兒，這兩人就很得她的喜愛。

如今，出現了于飛。

阿立有預感，于飛這人像一頭獵豹，相準了獵物，就不會放棄。

第八章

于飛有一個秘密，這個秘密無人知曉。

能進六扇門的都是佼佼者，他這個從縣城來的小捕快之所以能得到貴人的青眼，提拔進六扇門後能屢破大案，搶在別人之前抓到欽犯，靠的是他的鼻子。

他有一個嗅覺如狼、敏銳如獸的鼻子，能嗅到別人嗅不到的味道。

只要聞過一個人身上的味道，他就能依循味道尋找對方留下的氣味和蹤跡，像深山裡的狼追尋獵物的行跡。

別人辦案要靠打聽、看證據，耗時又費神，而他因為異於常人的嗅覺，每每可以讓他省去很多不必要的工夫。

為何要娶虞巧巧？

因為他發現虞巧巧就是那個第一次刺殺杜成才時，戴著面罩的女子。

他記得她的味道，即便她用面罩遮住了臉，也不妨礙他記住她身上的氣味。

當虞家馬車出現在于家門口時，他殺了個回馬槍，掀開車門，卻瞧見了醜婢。

鍾泰說過，虞家大姑娘身邊有個臉上帶斑的醜婢。

她不在馬車上，但他嗅到了她的味道，證明她剛剛還在馬車裡。

當時他心下驚疑，但沈住氣沒有打草驚蛇，而是以未過門女婿的身分直接登門拜訪。

他要親自瞧瞧她的真面目。

他一見到她，便眼睛一亮。

目光無懼，冷靜聰慧。

人與人的緣分很奇妙，他不相信一見鍾情，但是看到她的第一眼，他感覺很順眼。

他知道她故意惹怒他，想讓他改變主意退親。

他確實改變了主意，本來他想退親，一知道她就是那名女刺客，他就不想退親了。

他對她的興趣大於抓她入獄，這天下要抓的犯人何其多，不差她一個。

他想知道她一個姑娘家，是如何成為黑岩派的刺客？她一身詭譎簡潔的功夫又是師承何處？

當他收到消息，她為了逃親跑了，他笑得捧腹不止。

他知道她為何要跑，因為他是六扇門的捕快，她當然要跑。

沒關係，她跑了，他可以追。

所以，他親自來了。

于飛將這間客堂欣賞一遍後，回頭瞧著她，她冷靜的目光與他對視，毫不避讓。

「這間客堂十分別致，別有一番異國風味。」他微笑讚許，好似完全看不到女人臉上的疏離。

虞巧巧不喜歡做表面工夫，人都找上門了，不如打開天窗說亮話。

「你來做什麼？」

于飛能找到這裡，肯定有目的。

他在她對面坐了下來。「茶，多謝。」

她打量他，這男人始終笑咪咪的，很沈得住氣。

江湖人稱笑面虎……

看來，她惹上的是一個難纏的人物，本以為回到莊子後就可以把訂親的事拋在腦後，繼續過她的神仙日子。

可他憑一隻信鴿就找到這裡，這才幾天啊……

她走到門口，命人送一壺茶來，也不用人進屋伺候，她親自接過茶水，關上門，端到案上。
一壺茶，兩個杯子，她親自斟了一杯茶，然後……給自己品嚐。要喝就自己倒。
于飛怔住，見她喝得大方，突然覺得好笑。
他也不以為意，幫自己斟了一杯，端到鼻下聞了聞，啜了一口。
「好茶。」他讚許道。
虞巧巧放下茶杯。「現在可以告訴我了吧，為何來此？」
他也放下茶杯，很自然地回答。「來探望未婚妻。」
虞巧巧呵了一聲，她懶得拐彎抹角，就直接攤牌吧。「我聽說你被退親三次，應該不介意被退第四次吧？」
于飛故意面露驚喜。「原來妳有探聽我的事啊。」
「……」這不是重點好嗎？
虞巧巧揉了揉額頭。「我也不跟你繞圈子了，我不想嫁，不是你不好，是我不想嫁任何人，如果你覺得被退親有辱你的名聲，不如你來退親，如何？」
話都說到這分上了，于飛也不再跟她繞圈子，亦是直截了當。

「為何不想嫁人？給我個理由。」

「你也看到了，我有自己的莊子，想做什麼就做什麼，我連爹娘家都不想回了，又怎麼可能嫁到你家，成天待在後宅，當個以夫為天、侍奉公婆的小媳婦？」

「原來如此。」于飛恍悟。

虞巧巧眼睛一亮。很好，你總算聽明白了，拜託，解除婚約吧。

于飛沈吟一會兒，似是下了什麼決心，說道：「好，我答應妳，成親後，妳想住哪就住哪，想做什麼就做什麼，不必侍奉公婆，若要出遠門，只需跟我說一聲就行了。」

啊？

虞巧巧驚了，懷疑自己是不是聽錯了，古代男人不是都想娶賢妻嗎？不是覺得女子侍奉公婆天經地義嗎？不是希望妻子待在後宅相夫教子嗎？

他怎麼比現代男人還大方？

「妳娘逼得緊，妳若不嫁，她必然跟妳死磕到底，妳與其躲著她，不如找個稱心如意的夫家，而我正是妳最好的選擇——

「我不會拘束妳，也不會要求妳待在後宅，妳毋須改變現在過日子的方式，妳喜歡住在莊子裡就繼續住，不必侍奉公婆，不必在意他人眼光，一切照舊就行了。」

也就是說，他對她沒有任何要求，成親後，她仍然可以過單身的日子。

虞巧巧不敢相信他那麼大方，所有的條件都對她有利，若說一開始，她認定他對她有所目的，現在卻覺得他所開出的條件完全看不出他哪兒占便宜了，倒是她把便宜全占了。

在這個男權至上的古代，女子只能以夫為天，或許有懼內的男人，但是她覺得于飛這個人不可能懼內。

他竟然委屈自己至此？

若說他對她一見鍾情，她是不信的，他也不像是一個會為愛情犧牲的男人。或許他看上她的相貌，但是娶一個妻子進門，卻可以讓妻子自由到這種地步，她覺得太不可思議。

她穿來已經十年，古代男人對家庭的想法已經根深柢固，她不禁用懷疑的眼神看他。

「你……是不是有什麼不可告人的隱疾？」

于飛一開始沒聽懂，但是當她的視線往他下半身移時，他才恍悟她意有所指的隱疾是什麼意思。

他忍住笑。「咳……我向妳保證，我身子健朗，毫無那方面的問題，應該說……很強。」最後兩個字，刻意說得緩慢而強調。

兩人的目光在空中撞擊，誰都沒有移開眼，就這樣對視良久。

他非善男，她也非信女，話都說到這分上了，不答應的話，好像有點說不過去哪……

她再度拋出一個問題。

「聽起來，嫁給你的女人應該日子過得很愜意，為何會被退親三次？」

「這麼說吧，我之所以退親三次，是因為我根本無意娶親，因此想了個方法，讓女方家願意主動退親。」

「既然你本來無意娶妻，為何又改變主意？」

「跟妳一樣，被家中長輩催婚，我本欲拖延，直到遇見妳……說實話，妳的性子正合我意，畢竟是娶妻，我希望能娶個合心意的女子。太嬌柔的女子，我無意，像妳這樣的性子，我十分中意。不瞞妳說，我在六扇門當差，不常歸家，因此作為我的妻子會時常獨守空閨，所以最好找個性子如妳一般的女子，而妳若嫁我，一樣能過妳稱心如意的日子，又能向妳爹娘交代，咱們各取所需，如何？」

虞巧巧恍然大悟，原來這男人是看上她這一點啊，莫怪，她都表現得那麼不賢不慧了，他還想娶她，原來是這個原因。

她被說服得有些心動了，但還有最後一個問題。

「就算你同意了，你娘未必同意。」

婆媳問題，自古有之，古代女人受的教育限制了她們的眼界和想法，他娘肯定不答應。

「我既然答應妳，必然不會讓妳受委屈，我娘那裡，我自會搞定，必不讓妳受累，我說話算話，一言九鼎。」

話說到這裡，虞巧巧幾乎被說服了。

莫說古代，就算處在現代，男方也未必這麼大方，開出這麼好的條件娶她，似乎沒什麼好挑剔了……

她沈吟一會兒，終於給了一個答案。

「我考慮考慮。」

「多久？」

她又想了想，才道：「三日。」

「好，三日後，我等妳答覆。」

其實于飛提出的那些誘人條件，對古代女人來說，確實是天大的好條件，但對虞巧巧這種現代人來說不算什麼，因為她自己就能給自己自由自在的生活了，何必需要別人施捨？

真正令她動心的，是于飛提到六扇門。

最危險的地方，就是最安全的地方。

當知道于飛就是那天壞她好事的捕快時，她的第一個反應確實是遠離他，但此人卻有本事找到她的莊子。

幸好，他只是來求娶她，不是來辦案的。

在經過一番商量後，虞巧巧突然覺得，在這件事上她可以換位思考。

誰說刺客不能嫁捕快？那是古代人說的，依她看，她若嫁給于飛，其實是對她有利的。

虞巧巧最擅長打探消息，在現代時她在那些黑道老大身邊潛伏都不怕了，何況是一個六扇門的捕快。

如果她嫁給于飛，就能探聽到古代中央情報局許多消息。

她畢竟是榜上有名的通緝犯，有于飛這條線，可以讓她多一層保障，這才是真正吸引她考慮的重點。

就算將來于飛發現她的身分……嗯，夫妻同體，他若知道了，娶了她，他也上了賊船，到時候他也只能想辦法幫她掩飾。

這才是虞巧巧打的好算盤。

決定嫁給于飛這件事，並不需要三日，她只是需要三日來讓內部人了解罷了。

當她召集所有人到前堂，宣布自己成親的消息時，眾人又炸鍋了。

「莊主，您當真要嫁他？」

「咱們黑岩派是要跟六扇門聯姻了？」

「這行嗎？官與匪睡同榻？」

「那咱們以後還幹不幹這一行？」

這就是虞巧巧要跟眾人說明白之事，這個她一手建立起來的門派，她不會放棄的。

所有在此之人，除了柳柳、圓圓、青青三名侍女和幾名粗僕被排除在外，剩下的都是她精挑細選之人，可以信任。

「我雖成親，但一切照舊，沒有差別。」她說。

來到古代，與現代隔絕，那感覺彷彿離開地球，來到另一個星球，所有的一切都與她格格不入，所有人對她來說豈止是陌生，簡直就像外星人。

文化、風俗、習慣全都不同，理念不同，價值觀也不同。

她只能從頭開始，在這個世界慢慢的、一點一點的建立屬於自己的東西。

黑岩是她一手建立起來的，這些人都是她挑選的，相處久了，肯定會有感情，所以她不會放棄黑岩，也不會放棄自己培養的班底，即便成親後，她也要過著一樣的生活。

這也是她答應嫁給于飛的原因，于飛不干涉她的生活，給他自己爭取到求娶的機會。

她不是在跟眾人商量，她只是宣布一件事，成親也只是她要做的一件事而已。

「以後大夥兒依然照舊，該做什麼就做什麼，就算我成了親，我仍是莊主沒有變，至於對他，你們就像對官府的人一樣，敬著點就行了。」

眾人你看我、我看你，雖然有些訝異，不過他們都是混江湖的，江湖人本就不拘小節，聽到莊主成親後依然一切不變，他們也很高興。

眾人解散後，阿誠和阿立仍舊立在原地。這兩人是最先追隨她的，也算是……青梅竹馬。

虞巧巧早就知道阿立喜歡她，她也喜歡阿立，但不是那種喜歡，她喜歡的是阿立的忠誠，她把這兩人當弟弟一樣喜歡。

如今她宣布要成親了，對於阿立，她覺得有必要「開導」他。

「阿立，你跟我來。」虞巧巧說完轉身進屋。

阿立先是愣了下，接著便抬腿跟上，阿誠也很自然地跟著走。

來到門邊時，虞巧巧丟了個命令。

「阿誠守門，別讓人偷聽。」說完便關了門。

阿誠被關在門外，摸了摸鼻子。好吧，不讓聽就不讓聽，他等會兒問阿立。

屋內，虞巧巧回頭看向阿立，只見他垂著眼，安靜地站著。

在她的餵養下，阿立和阿誠兩人生活沒了煩憂，過得開心，不僅長得又高又壯，連面相也變好看了。

不僅家中的婢女會偷瞧他們，每回帶著兩人出門，街上的姑娘也會多看他們兩眼。

早有不少人來打聽說媒，她也問過兩人的意思，但這兩人受她耳濡目染，也不願意被婚姻綁住，因此到現在還未成親。

「大姑娘說過，夫妻要過一輩子，所以好好相處很重要，性子要合，要能談得來，因此要慢慢挑，咱們以前不懂，現在懂了，所以不急，等有緣人出現了再說，咱們現在只想跟著大姑娘出門闖江湖，多見識見識。」

阿誠十五歲、阿立十四歲時，兩人是這麼跟她說的。能跟著大姑娘一起建立莊子，成立自己的門派，他倆高興都來不及了，機緣難得，根本無心成親，也不想這麼早就被媳婦綁住。

虞巧巧聽了很滿意，她需要的是能跟著她打拚的人。

表明心志後，阿立回頭偷偷告訴阿誠，他將來找妻子要找像大姑娘這種性子的才好，阿誠當時取笑他，大姑娘這種女人很凶悍，小心被老婆打。阿立卻說就算被打，他也喜歡。

阿誠尚未開竅，只當他說笑，但偷聽兩人談話的虞巧巧卻看得分明。

阿立對她有意。

虞巧巧裝作不知，但留了個心，心想男孩成長中總會有幻想，長大成熟了、看多了，就不會再依戀她。

如今阿立十七歲了，這三年下來，阿立對她的喜歡不變，並且有增長的趨勢。

虞巧巧也曾經考慮過，是不是乾脆納他為夫算了，省得家裡催婚，但她一直把阿立當弟弟，嫁個弟弟……光是自己這一關就過不去。

既然不愛，那就斬了對方的念頭吧。

她清了清嗓子。「阿立……」

「莊主不必勸我，我明白。」阿立抬頭，目光明亮地與她對視。「莊主待我和阿誠如同親弟，並無男女之情，這一點我看得很明白。」

虞巧巧怔住，繼而寬慰。他自己點破總好過被她揭開事實，他能說出來，就表示他心裡清楚，毋須她再多說。

阿立又道：「我只想知道，莊主是被情勢所逼，還是迫於他人？」他目光如劍，語氣嚴肅，大有執劍去跟人拚命的氣勢——如果她是被逼的話。

虞巧巧笑道：「放心，沒人逼得了我，是我自己願意的。」

「莊主喜歡他？」

「不喜歡也不討厭，但他這人爽快，也夠聰明。」

阿立聽聞，這個答案還是讓他感到失意，他知道大姑娘向來欣賞有才華的能人，這表示那男人對大姑娘來說是特別的。

那個于飛長得俊，功夫好，又有官位在身，笑起來的樣子十分迷人，有眼睛的人都看得出來，那是一個很有魅力的男人。

大姑娘雖說對他無意，可嫁人畢竟是一輩子的事，若真的排斥，又怎會接受與那男人同榻而眠？

阿立把這些想法藏在心裡不說，也不點破，因為這不是他能過問的事，若是問了，怕以後連當她心腹的資格都失去了。

阿立拱手，恭敬道：「知道莊主不是被逼的，我就放心了，既然莊主已經決定，阿立自然支持。」

虞巧巧心下鬆了口氣，本以為要費些唇舌安撫他的情緒，沒想到他自己想得開，又想想他才十七歲，在現代還是個高中生呢，她相信以後遇到其他女人，他會有更多選擇。

三日後，虞巧巧前去赴約。

于飛穿著六扇門的飛鳶服到莊子太惹眼了，所以她與他約在城外一家客棧。

這家客棧的客人都是南來北往，趕不上城門關閉前的商旅或趕集的路人，虞巧巧的莊子也在城外，她不想進城，免得被熟人瞧見，約在這間客棧正好。

以往為了低調，她都是乘坐馬車回城，如今在于飛面前，她的跋扈、強硬，他都看到了，這樣還想娶她，那她也不必裝了，一身窄袖勁裝、騎著高頭大馬前來赴約。

于飛早就在此等她，把客棧最好的位置包下，並讓一名小廝在門口守著。

小廝機靈，一見美人騎馬前來，立即殷勤上前。

「您可是虞姑娘？」

虞巧巧下了馬，看了他一眼。「你是？」

「小的受于飛大人之命，在此等候姑娘。」

原來是飯店的迎賓侍者。

「他在哪？」

小廝指著上頭，虞巧巧順著他指的方向抬頭，客棧頂樓窗臺上立了一個人影，正是于飛，他也正看著她，唇角帶笑。

「虞姑娘，小的幫您將馬兒牽到馬房餵草料、喝水，順便給牠洗洗身，如何？」

泊車小弟兼洗車服務就是了。

「行。」她將轠繩交給他，便逕自抬腳上了階梯，跨進門檻。

客棧有三層樓，一樓是大眾區，人多口雜，像個菜市場；二樓價格貴一點，不必跟陌生人併桌，可以自己包一桌；三樓就更貴了，專門招待大戶或貴人。

于飛全包下了。

虞巧巧上來時，見到的就是這一幕——寬大的空間只有一桌席，一旁站著客棧掌櫃和幾名跑堂，沒有其他閒雜人等。

以前她在現代也常出入這種場合，到了古代，除了服裝不一樣之外，那享受特別待遇的感覺卻是一模一樣。

男人講究排場，真是不分時代啊。

她大方地走向他，入了座，不必她開口，自有人為她斟茶、放置清水洗手，附上一塊巾子擦手。

有錢就有講究。

虞巧巧淨了手、喝了茶，這才看向于飛。

「可有想要吃的？我讓掌櫃幫妳介紹。」

她本來只是來給他一個答案的，既然他排場都擺出來了，就給他面子吃這頓飯吧。

「你點，我隨意。」

于飛也不囉嗦，不疾不徐地交代下去，掌櫃親自來招呼，亦親自傳人上菜，態度十分恭敬，不敢有絲毫怠慢。

虞巧巧就當看戲，不僅老百姓，連做官的和江湖人都要敬著六扇門的人。

吃完一桌席後，虞巧巧擦擦嘴，說些客套話。

「謝謝您的招待。」她微笑。這頓席她吃得大方，他敢花錢，她就敢享受。

于飛吩咐下去，掌櫃便讓人收拾，送上一壺清茶、焚香，所有人都很有眼色地退了出去，只留下兩人。

飯吃了，茶也喝了，該談正事了。

于飛微笑地看著她，她也微笑地看著他，他不開口，她也不說話。

在現代，她見識過很多種男人，匪氣的、斯文的、紳士的、剛冷的……

于飛嘛……斯文中帶點痞氣，紳士中又有剛冷，端看他面對的是誰。

刺殺杜成才那一次，他是匪氣的；突襲馬車那一次，他是剛冷中有殺氣。而面對她時，他便是斯文中帶點痞氣，現在坐在對面的他，則是紳士的。

這男人有很多面。

虞巧巧不意外，因為她也是，兩人都戴著無形的面具。

少有女子能與他目光對視而完全不敗陣的，她一點也不迴避，于飛知道，他再不開口，她要麼就給他坐到天黑，要麼就起身走人。

既然想娶她，他得拿出誠意。

「不知妳的回答是……」

虞巧巧心想，真是聰明的男人，把時間點掐得剛剛好。

「你若信守條件，我便答應。」這是有約法三章的，若有律師，她還真想簽個婚前同意書呢。

不過考量到于飛這人的江湖名聲，她相信以他的驕傲，他不會失信。

于飛目光精亮，嘴邊笑意更深。

「我回去便請人看日子，看好了再通知妳。」

「行。」

兩人對話簡潔，談婚事像談公事一般，敲定了時間，便再無廢話。

虞巧巧站起身。「我先告辭了。」

他也站起身送客。「請。」

虞巧巧走出客棧，馬兒已經備好，她摸摸馬兒，還真是清洗過了，來時毛上沾染的灰塵都被洗淨，油亮油亮的，連馬鞍和馬鐙都擦得乾乾淨淨。

她躍上馬背，拉起韁繩，抬頭望向頂樓，于飛站在窗口目送她。

她收回目光，扯動韁繩，調轉馬頭，雙腿往馬腹一夾，便往來時路奔馳而去。

第九章

成親日訂在兩個月後，成親日前，新娘子要在家裡待嫁，不能隨意出門。

虞巧巧沒那麼多繁文縟節，她派人送了一封信回虞家，信上說得很明白，成親日她會在，意思就是嫁妝由你們去折騰，時辰到了，主角自然會出現，氣得虞夫人把信都撕了。

她派阿誠去送信，阿誠身負重任，離開時順道帶走信鴿，免得他人又利用信鴿找上門。

虞巧巧則在莊子上，依然照表操課。

兩個月準備一場婚事，其實真的匆促了點，但虞夫人為了嫁女兒，早就準備許久，一確定婚期，虞夫人立即忙碌起來。

于家這頭也忙得腳不沾地，準備新房、貼喜字。

這時候，于夫人還不知道自己找來的新媳婦根本不是她想像中的閨閣女子，她打聽的內容都是被灌水過的，而灌水的罪魁禍首就是以前少女時代的手帕交。

所以說，再聰明的人十有八九都容易被熟人騙。

其實虞夫人也不是故意騙她，做娘的不過是隱瞞了女兒凶悍又會武的事實。

虞夫人總認為女兒再悍也悍不過丈夫去，更不會拿自己的夫家開玩笑，因為在她有限的認知裡，女子終究要靠男人。

雖然氣女兒的任性，不過女兒願意成親，虞夫人總算了卻一樁多年的心事。

兩個月很快過去，就在新郎前來迎娶的前半個時辰，虞巧巧總算回到虞家，差點沒把她爹娘給急得暈倒。

虞巧巧從沒穿過鳳冠霞帔，當被人伺候穿上這繁複又厚重的嫁衣時，她只想罵三字經。

這是誰設計的鬼東西，又重又不舒服！

虞夫人和媒婆瞧見她臭著一張臉想把鳳冠拿下來時，嚇得連忙阻止。

別人家嫁女兒，做娘的哭是因為捨不得，虞夫人卻是因為女兒不肯戴鳳冠而急得哭了。

好說歹勸的，虞巧巧只好忍了。

當迎親隊伍出現時，阿誠、阿立對看一眼。

新郎官穿著紅袍、騎著大馬走在前頭，後面跟著來迎親的全是新郎的好兄弟們，都是六扇門的捕快，其中有幾人阿誠還認得，有一回他負責帶一個小隊，在客棧刺殺一名江湖惡霸，誰知遇上六扇門的人也宿在客棧，阿誠為了讓大夥兒能順利撤離，負責斷後，與一名捕快打了起來。

現在想想，好在那時他蒙了面，現在才不會被認出來。

「那個人叫鍾泰，我跟他幹過架，被他削了頭髮，頂著光頭，被大夥兒笑了好久。」

「……」阿立沈默地看著他。

「找個機會我想偷襲他，報復回來。」

「……」你小心被莊主打趴在地上。

「兄弟，到時候你一定要幫我，知道嗎？」

「……」他不想行不行？

新郎迎娶的過程很順利，因為女方家沒有出難題，還跟所有親戚鄰里打過招呼，讓新郎快點把新娘子帶走，誰敢阻攔，虞夫人第一個跟他拚命！

因此賓客們瞧見的，就是丈母娘迫不及待把新娘子塞給男方，喜極而泣地擦著眼淚，一副總算把燙手山芋丟出去的樣子。

新郎于飛領著花轎隊伍，浩浩蕩蕩地回到于家。

新郎下了馬，踢了轎門，準備將新娘子抱出來，可當他掀開轎簾，瞧見裡頭的景象時，不禁愣住了。

新娘子正一臉火大的跟鳳冠較勁，因為她的頭髮和鳳冠上的碎玉打結在一起。

只一眼，于飛就將眼前的情況判斷得八九不離十。

新婚妻子坐在花轎裡，嫌鳳冠重，不耐煩地想把鳳冠拿下來，卻不小心勾到頭髮，越扯越緊，待進了于家大門，快要出轎了，她想把鳳冠戴回頭上，卻解不開打結的頭髮，越扯越急。

他瞧見的就是這一幕。

于飛忍住想笑的衝動，立刻對鍾泰丟了句命令。「圍住隊形。」

鍾泰與他默契十足，知道花轎內有異，立即叫弟兄們圍成兩排，背對花轎，面向外頭，高大的身軀形成人牆，擋住四面八方的視線。

「抓住鳳冠。」于飛低聲命令，把丟在一旁的紅頭巾往虞巧巧頭上一蓋，健臂一摟，將她抱出來。

他一動，周圍的人牆也跟著動，以官府人員出巡的規格將四面八方的死角都遮得嚴實，不讓人瞧見新娘子。

賓客們還以為是新娘子害羞，新郎官護得嚴實才搞出來的噱頭，直到新郎官一路抱著新娘子走進大廳，越過高堂，越過唱禮的人，越過了媒婆，直接往內屋走去，人牆擋在大堂門口，一字排列，像門神一樣擋著。

眾賓客一臉茫然。

有人問：「不是要拜堂嗎？」

高堂于夫人也是一臉錯愕，兒子懷中抱著新娘子進屋，腳步都沒停，直接就往新房去了。

菁兒一路跟著花轎，她是直到新郎把大姑娘抱出去，左右都圍了人牆，才知道出事了。

她是大姑娘的貼身婢女，急急忙忙地跟在新郎後面。

到了新房，于飛直接命令那些等著伺候新娘子的婢女和婦人。

「所有人都出去！」

他是個孝子，平日的和顏悅色只對他娘，對其他下人，他積威已深，因此眾人一聽，立即驚得趕忙退出新房。

他回頭對菁兒道：「妳進來。」

菁兒提著裙襬跟進屋，不用姑爺命令，她立即回頭把門關上。

于飛把新娘子放在床上，當他拿下紅頭巾時，菁兒終於恍然大悟。

于飛不知道，他急中生智護著新娘子沒讓她當眾出糗的這一行為，就讓菁兒對他印象良好。

大家都是聰明人，不多說廢話，菁兒趕忙幫大姑娘把打結的地方解開，重新梳理頭髮。于飛則站在新房門口，不准任何人進來，包括趕過來探問的媒婆。

菁兒速度很快，一番整理後，就將紅頭巾蓋回新娘子頭上。

「姑爺，好了。」

于飛這才回頭去抱新娘子，突然想到什麼，頓了下。

「要不要順便解個手？」

虞巧巧早被鳳冠弄得一肚子氣，聞言更是氣不打一處來。

「不必！快點結束，把這該死的帽子和衣服全脫了！」

菁兒繃住表情，掐住大腿不讓自己笑出聲，哪有新娘子當面跟新郎說她急著脫衣的？

于飛憨笑憨得胸膛震顫，抱起新娘子，啞聲道：「謹遵夫人之命。」

于飛在前頭宴客、敬酒，待時辰差不多時，他朝鍾泰使了個眼色，鍾泰立即明白，新郎這是要回新房和新娘子洞房了。

春宵一刻值千金，這時候弟兄們是幹什麼的，當然是讓新郎順利回新房了。

鍾泰一行人立即為他擋酒，好讓新郎藉著「不勝酒力」，趁此被人扶走。

一到後院，離開了眾人的視線，于飛便讓攙扶他的人回前院招呼賓客，自己則大步走向新房。

對女人來說，成親是一生的大事，入洞房則是她們從少女蛻變成女人的過程，是將自己寶貴的貞潔獻給丈夫的一種儀式，因此在入洞房前，她們會將自己全身洗淨，安靜而緊張地待在新床上，等待著丈夫……

這是指一般的世間女子，但虞巧巧不是一般人。

一個人的成長背景，決定了一個人的人格特質。

于飛早就知道虞巧巧是江湖人，對她不拘小節的一面已有認知，可當他回到兩人的喜房時，還是怔了下。

桌上擺了酒席，跟前院宴客一樣，賓客吃的菜色，她虞巧巧這裡一樣也沒少。

虞巧巧早已沐浴完畢，臉上未施脂粉，一頭長髮隨意地束在頸後，坐在桌前大吃大喝，一旁的菁兒則在幫她布菜。

出嫁的女子在成親當日只吃一點，連水都喝得少，就是怕成親時臨時要上茅房不方便。

到了虞巧巧這裡完全沒顧忌，她在出嫁時辰前才出現，連臉上的妝，她都不准別人在她臉上塗上厚厚一層白粉。

拜完了堂，待在後院新房後，她更不可能傻傻坐在床上等新郎回來。于飛去前院敬酒後，她就立即卸下一身累贅，痛快地洗了個澡。

洗完澡舒服了，她就想吃東西。

男方家的婆子和婢女們要伺候她，準備了一點吃食給新娘墊肚子。但那幾樣菜哪能填飽她？她立即要婆子去幫她把前院的酒席也給她置一桌來，婆子正要開口勸她新人吃太飽不利於行房，虞巧巧立刻丟了一錠銀子堵住她的嘴。

婆子是于夫人身邊的人，被叫來看著新媳婦，因此仗著自己是于家主母身邊的老人想對少夫人說教，一看到金元寶，想說的話全堵在喉嚨，只是瞪大眼，滿眼都是金元寶的亮光。

當下婆子立即改變主意，心想只是一桌酒席，新娘子大概也是怕新郎吃不飽，所以才要求要一桌酒席。

有錢好辦事，婆子當下就興沖沖地去辦了。

虞巧巧把所有人都趕出去，只留下菁兒一人服侍。

于飛瞧見的就是這一幕——新娘子在大吃大喝，嫁人的緊張或小心翼翼，在她身上完全看不到。

「你回來啦，要吃嗎？」說得好似她在這裡住很久了。

于飛挑眉，眼中笑意滿溢，他一點也不在意她的隨意，反倒喜歡她的隨興。

在他的地盤上，她能如此放鬆是一件好事，相反的，他不喜歡太小心翼翼的女子，而她的爽快直白正合他的意。

他脫下外罩長衫，坐下來陪她一起吃，與她話家常。

「家裡只有我娘，沒有其他人，人口單純，我娘很好相處……」他與她一一介紹于家有些什麼人，主母于夫人守寡多年，拉拔他長大，因為不再嫁，于飛也就沒有其他親兄弟。

「這也是為何我娘一直想幫我說媒，因為她就我一個兒子。」

虞巧巧知道他要說什麼，無非是不孝有三、無後為大之類的說詞。

她雖然答應嫁給他，但誰知道兩人的婚姻能維持多久，說不定撐不到一年呢。

「對了，咱們還沒喝交杯酒呢。」她突然提起。

于飛頓住，笑道：「是該喝。」

他執起酒壺，正要為兩人倒交杯酒時，纖纖玉手突然按住他的手臂，他抬起疑惑的目光，見她笑得狡黠。

「喝這麼一點，哪有意思？」虞巧巧從桌下撈起一罈酒，重重放在桌上，笑得見牙不見眼，豪氣干雲地說：「咱們來划酒拳，輸的人喝！」

「……」于飛突然覺得今晚不像春宵夜，倒像是跟兄弟們到酒樓來拚酒。

新娘子沒有嬌羞，卻向他撂下挑戰，他若不接，就太不給面子了。

于飛也不急著洞房，他反倒想看看，她想變什麼把戲。

「行！」他也豪爽地答應了，站起身將酒抱過來，看了一眼。「哪來的酒？」

「酒窖裡拿的。」

他看了她一眼，那都是私藏的好酒。

「品嚐美食沒有酒喝多乏味！所以我就去逛了一圈，你不會這麼小氣吧？」她笑得像隻嬌媚的狐狸。

若是其他男人早就怒氣沖天了，哪有新娘子才剛拜堂完，不好好等著相公回來，卻是摸出去溜達？

于飛知道她是故意的，可以想見以後還會有更多的花樣。

問他生氣嗎？不，他其實很期待。

這世間大多數的男子總想娶個乖順又聽話的妻子，于飛卻正好相反，他對乖順聽話的女子沒興趣，甚至覺得乏味。

他欣賞有自信且能幹的女子，偏偏他娘盡給他找柔順服從的，三次訂親都是這樣的女子，他不想忤逆他娘，只好從中作梗，把親事給攪黃了。

這一次，他娘看走眼了，以為虞家大姑娘溫柔賢慧，其實人家精明又有主意，反倒讓他看上眼。

對於她為何會加入黑岩派，成為一名刺客？來日方長，他有的是時間慢慢查。

黑岩派掌門黑無崖，在江湖上一直行蹤成謎，沒人見過他的真面目，若要抓他，虞巧巧是一條線索。
娶妻並不妨礙他查案，而且他相信，自己有能力保她平安，不入大牢。
菁兒為兩人拿來大碗，于飛把兩碗酒倒滿，兩人開始划起酒拳。

一個時辰後，于飛醉倒了。
虞巧巧用食指戳了戳他。「喂。」
男人趴在桌上，沒有反應。
她又叫了幾次，確定他沒反應後，她才鬆了口氣。還以為他千杯不醉呢，總算灌醉了，很好，既然他醉了，兩人就不用洞房了。
虞巧巧不是怕洞房，而是不想要。
兩人才見幾次面，連交往都沒有，不熟悉的情況下就上床，她不想，也沒感覺。
把于飛灌醉，她便省事了。
而虞巧巧沒醉，是因為她事先吃了梅冷月給她的醒酒丹，別說，還真有效！
「大姑娘，現在怎麼辦？」菁兒指了指趴在桌上的新姑爺。
虞巧巧本想把于飛「搬」到床上，發現此物十分沈重，立即改變主意，擺擺手。

「就讓他睡吧，咱們別吵他。」她打了個呵欠，逕自走回喜床。

喜床上的糖果早就被菁兒收拾乾淨，虞巧巧一沾床，睡意立刻襲來。

喝了這麼多酒，她早就睏了。

「妳也去休息吧。」她對菁兒說。

「菁兒在外邊守夜，大姑娘有事叫我。」

「不必，妳回房休息，明早再過來就行了。」

菁兒看了姑爺一眼，猶豫道：「可是……」

「他今晚肯定睡死，妳好好養足精神，明日幫我，我雖然吃了醒酒丹，但明日肯定有後遺症，到時得靠妳。」

菁兒這才福身。「明白了，菁兒這就走，您好好歇息。」

待菁兒把門帶上後，不到幾秒，虞巧巧就呼呼大睡了。

她一睡著，趴在桌上的男人就動了。

于飛坐起身甩了甩手，他確實千杯不醉，因為他可以一邊灌酒，一邊用內力把酒逼出。

他來到床前，看了床上的新婚妻子一眼，失笑地搖搖頭。

沒關係，來日方長，她不想洞房，他可以等。

他是一個獵人，除了能力好，耐心更好，他可以守株待兔很久，等獵物上勾。

他又看了她一會兒，才轉身去浴房洗淨。

清晨天未亮，趕在新人要去敬酒的時辰之前，菁兒早早地來了。

她才剛走到新房門口，人就呆住了。

于飛正巧剛從新房出來，見到她，點個頭笑道：「我去練功房練功，妳好好照顧少夫人。」

菁兒忙低頭福身。「是……」

于飛越過她往練功房走去，菁兒這才抬頭目送他背影，人一走遠，她立即三步併作兩步匆匆進屋，關上門，趕忙去內房查看。

大姑娘睡得可沈了。

菁兒等了約莫半個時辰，見天已大亮，才去搖醒她。

「大姑娘……不，少夫人、少夫人！」

虞巧巧賴床十分鐘後，才慵慵地起身。

「我想吐……」她昨晚喝了酒，今早開始有宿醉的感覺了。

菁兒趕忙找來痰盂，讓少夫人吐個夠。

虞巧巧其實酒量不錯，擱在現代，她拚酒的實力不輸給男人，但她低估了于飛的實力。那男人肯定是泡酒長大的，她灌了三罈，中間跑了好幾次廁所，才把那男人給灌醉。

她吐完後，拿過菁兒遞來的水漱口，接著頭一暈，她又想睡了。

該死！那個梅泠月沒說，這醒酒丹吃了，隔天還是一樣宿醉，她現在覺得全身鬆軟無力，只想睡個痛快。

「大姑娘……少夫人，您沒事吧？」

「讓我緩緩……」虞巧巧揉揉額頭，閉著眼，撐著半邊身子，隔了一會兒，她又趴下了。

「少夫人？」

「我想睡……」

菁兒急了。「不行呀少夫人，得起來準備敬酒了。」

「不去……」竟是直接賴床了。

菁兒雖然跟著虞巧巧，也受虞巧巧耳濡目染多年，不拘小節，但有一點也跟其他古代女子一樣，女子一旦成了親，就好似被程式設定一樣，對夫家有著無形的敬畏，再潑辣、再無拘無束的江湖女子，只要不是沒文化的土匪，洞房的隔日必要起身去向公婆敬酒。

她知道于家除了當家主母于夫人，其他親戚也來了，大夥兒都來看新娘子。若是新婦嫁到夫家第一天就賴床不去敬酒，那會臭名遠播的。

菁兒覺得自己身負重任，壓力倍大，但她扶不起少夫人，正著急時，于飛回來了。

于飛走到床前，打量著自己的新婚妻子。

「咦？她醉得不輕呢，她昨晚有沒有喝醒酒茶？」于飛問向菁兒。

菁兒硬著頭皮回答。「喝了。」

「既然喝了，我都醒酒了，她怎麼還沒醒？」

「……」她才想問，姑爺，您的精神怎麼這麼好，一點也沒有宿醉的模樣。

于飛摸著下巴，一臉苦惱。「這可怎麼辦？今日來的人不少，都在前堂等著新婦敬茶呢。」

菁兒更慌了，她也不知道該如何是好。

「沒關係，讓他們等，妳去叫人送熱水到浴房來。」

菁兒這才匆匆轉身去找人。

一聽到姑爺要熱水，很快的，便有兩名壯丁抬著熱水進浴房，後頭還跟著一名僕婦及兩名丫鬟。

這名僕婦是于夫人身邊的老人，于家大多由于夫人掌管，因此許多大小事都是由她決定，就算兒子成了親，于夫人也習慣幫兒子打理，所以她讓自己身邊的季嬤嬤領著兩名丫鬟來新房。

菁兒才剛來到新地方，人生地不熟，少夫人又睡得不省人事，她一個人阻止不了別人進屋，更何況姑爺還在呢。

于飛吩咐季嬤嬤等人整理床鋪，他自己則抱起妻子就要往浴房走。

菁兒立即上前阻止。「姑爺！我……我來伺候少夫人就好。」

于飛看著她，眼神變深，雖無疾言厲色，但他的目光中有一種威嚴，整個人散發著主人的氣勢。

這是習武之人的威壓，菁兒不懂，她只覺得有些喘不過氣來，但她不能退讓，她必須保護少夫人。

于飛直直盯了她一會兒，這才收斂威壓，勾起唇角。

「妳放心，我不會碰喝醉的女人，帶她進去泡熱水，是為了讓她清醒過來。大家都在前堂等著，我可以拖延時間，但她必須去敬酒，禮不能廢，妳明白嗎？」

菁兒當然明白，因為她正為此傷透腦筋，可她知道少夫人不想洞房，姑爺抱她一起進浴房會發生什麼事，可想而知，但是當姑爺親口說他不會碰少夫人時，菁兒驚訝了。

她有些不敢置信地看著姑爺。「姑爺……當真不會碰少夫人？」她刻意強調「碰」字，姑爺應該懂吧？就是指那種事。

于飛跟她保證。「不會在她不省人事的時候碰她。」不是不碰她，而是要等她清醒。

這意思，他表明得很清楚了，菁兒再不識相也不能阻止姑爺，因為他表明了大局為重。

菁兒還拿不定主意時，于飛便轉身抱著人進去了，門一關，連給菁兒阻止的機會也沒有。

菁兒在門外跺跺腳，她想了想，既然姑爺講得那麼明白不會碰少夫人，應該就不會，她覺得姑爺沒必要騙她，也不屑騙她。

于飛確實不會碰虞巧巧，他有他的驕傲，既然她不願，還把灌酒的招式都使出來了，他又怎會笨得去強迫她？

他如果要她，必要做到她自願才行。

來日方長，他有的是機會。

第十章

虞巧巧覺得很舒服，好似被一股暖意包圍。

有人在為她按摩，那力道不輕不重，拿捏得剛剛好。

菁兒的技巧變得更好了，手勁也更沈穩了，不愧是她挑選的人。

她緩緩睜開眼，眼前霧氣瀰漫，她泡在熱水裡，臉貼著結實的胸膛，被人摟在懷裡，一隻手正不疾不徐地按摩她的肩頸。

虞巧巧有一時的迷茫，直到思緒逐漸清明，她的大腦才開始運轉。

她正泡在浴桶裡，有人抱著她，而這個人……不是菁兒。

幾乎在她身子緊繃的同時，于飛便知道她醒了，他低下頭，對上那雙驚訝的美眸。

「早。」他勾起唇角，雙眸含笑。

「……」為什麼她現在全身一絲不掛，跟他一起泡在浴桶裡?!

于飛笑看她的怒容，解釋道：「熱水裡放了藥草，有助醒酒，妳宿醉一夜，需要舒緩全身經脈，是不是覺得舒服很多？」

虞巧巧先是震驚了一會兒，感受他所說的，她現在確實清醒了，頭也不暈了，確實好很多。

她左右環視，便又瞪向他。

「我身上的衣服是誰脫的？」

「我。」他毫不隱瞞，大方承認，一點也沒有心虛或做錯事的樣子。

他是她的丈夫，他脫她的衣天經地義，誰能責備他？不能，就算是她也不能。

虞巧巧感受了一下，身上並無不適，因此她能斷定于飛確實沒有碰她。

虞巧巧本想對他興師問罪，但她突然想到什麼，態度一改，表情一變，成了嬌羞嗔目的處女。

「你怎麼可以這樣？我、我沒有心理準備……」她雙臂環抱自己，躲到浴桶的另一邊，與他隔著一段距離，側著身子，做出害羞狀。

「……」于飛總覺得哪裡怪怪的？

他確實很期待看到她醒來後，發現兩人身無寸縷地共浴時，會是什麼反應？

然而瞧見她害羞時，他又覺得這不像是她會有的反應。

總覺得她的害羞裡帶著一種矯情。

于飛畢竟閱人無數，心思縝密，觀其目、察其色，她雖然羞，但沒有臉紅。

驀地，有個想法閃進他腦中，難不成她已不是處子？

他垂下眼，掩蓋眸中幽深的目光。身為一個丈夫，也不能免俗地在意，妻子是否曾經有過別的男人？

她是黑岩派的刺客，長得又美，年歲已二十，始終不肯嫁人。

他一直以為她是不想嫁，卻忽略了另一個可能——她不想嫁，可能是因為她有別的男人。

不知怎麼，他的腦海裡浮現「黑無崖」這個名字。

身為黑岩派的掌門人，門下有這麼美豔的手下，作為掌門人或是作為一個男人，會放著如此美人而不碰？

于飛擅於隱藏情緒，即便再不悅，也不會洩漏心思。

他勾起唇角，對她微笑。

「這藥草可以醒腦，妳再多泡一會兒，但別太久，咱們還得去敬茶。」他站起身，跨出浴桶。

在他跨出浴桶後，虞巧巧眼角瞄了一下。

他背對著她，扯下掛在一旁的布巾擦拭身體，任她目光打量。

寬肩窄腰，肌肉勻稱……不只男人會欣賞女人的身體，女人也喜歡欣賞。

虞巧巧在他背後，就敢大方地欣賞。

說實話，他的身材真的很迷人，充滿男性的野性魅力，就算背上有刀傷留下的疤痕，但不妨礙他身體的美，相反的，更加性感。

九十分。

虞巧巧給他打了一個很高的分數，為什麼只有九十？因為沒實際用過，所以要保留十分。

于飛出了浴房，留給她私人的空間，對於他沒有乘機吃她豆腐，她對他便高看了一眼。

她欣賞懂得自制的男人，況且她確實感到精神變好了，這藥浴確實有效果。

她起身踏出浴桶，在擦拭身上的水滴時，想到什麼，低頭打量起自己的身子。

這具身子被她養得很好，胸是胸，腰是腰，他見了她的身體，居然可以不乘機吃她豆腐？

是他太君子，還是他真的對她沒興趣？他娶她，難不成真的只是應付他娘？

虞巧巧記得適才他起身時，她眼角瞄了一下，他那裡……沒反應。

她有那麼一點不是滋味，她拒絕他是一回事，但他對她沒有性慾，又是另一回事。

想到昨晚她為了避開洞房，還使勁跟他拚酒，結果人家對她的裸體根本完全不受誘惑，讓她的行為變成了笑話，有種被打臉的感覺。

虞巧巧聳聳肩。算了，她從來就不是一個會鑽牛角尖的女人，既然他對她沒有太大的興趣，那麼她也不必防著他，倒也省事。

虞巧巧很快調整好心態，把她和于飛的關係當成了合作夥伴。

梳妝一番後，虞巧巧走出新房，就見于飛立在院中等她。

于飛回頭，瞧見了一位嬌豔的美少婦，梳了婦人髮髻的她，別有一番風情。

虞巧巧也在打量他。卸下飛鳶服之後，身著淺藍色袍衫、頭戴玉冠的他，如一位翩翩貴公子。

于飛等她跟上，便領著她一路往正院走，同時為她介紹于宅的格局。

于飛微微低下頭，對她細細低語，語態溫柔，彷彿一位喜得新婦的丈夫，對妻子十分疼寵。

虞巧巧也配合著，當他在說話時，她總是眉眼低笑，展現嬌羞的一面，露出夫妻恩愛的樣子。

在假仙這一面，他們倆都很有默契嘛！虞巧巧心想。

兩人並肩緩緩走著，沿路在幹活的僕婢們瞧見了，皆心下讚嘆，真是男俊女俏，好一對出色的璧人！

兩人終於來到正院，長輩們早就等候多時，瞧見了新婦的模樣，更是紛紛讚譽，惹得于夫人臉上有光。

夫妻倆敬了茶，眾長輩們給了禮，虞巧巧收到最昂貴的是于夫人給的一對玉鐲子，並親自為她戴上。

玉鐲子套進手腕時，虞巧巧忍不住想到戴上手銬。

一家人坐下來，開始用膳。

這頓飯吃得喜氣洋洋，眾人的注意力都在這對新人身上，尤其是新媳婦。

虞巧巧一開始還可以忍，後來時間拖得太長，忍不了，於是桌下的手偷偷去掐某人的大腿。

于飛頓了頓，不著痕跡地瞟她一眼。

虞巧巧立刻給他打眼色，意思是她想回屋了。

大掌來到桌下，抓住大腿上的柔荑握了握，表示安撫。

別急，這頓吃完就回去。

不行！柔荑改掐他的手掌。立刻回去！

于飛環視一圈，大夥兒吃得正熱絡，對新媳婦非常滿意，尤其他娘特別開心，若是這時候離開，實在太殺風景。

算了，妳繼續掐吧。大掌主動將她的手擱在大腿上。

虞巧巧火大，有些事可以等，但有些事是連等都不行，既然他不配合，那好，她自己來。

哐噹——碗筷掉落的聲音傳來，引得眾人一陣錯愕。

新媳婦虞巧巧眼一閉，暈了過去。

于飛快手攬住她歪倒的身子，沒讓她倒在地上，並打橫抱起她。

「巧巧不舒服，失禮了。」他站起身，抱著妻子大步離去，留下眾人坐在原位驚訝、不解和愕然。

于飛三步併作兩步，很快就把妻子抱回新房。

一進屋，不用他放下，妻子就自己跳下來，用最快的速度衝向浴房，熟悉的流水聲傳來。

于飛怔住，接著恍然大悟——原來她尿急。

他再也忍不住，捧腹大笑。

新婦當著眾人的面暈倒，長輩們肯定要知道是怎麼回事。

虞巧巧不管了，把這事丟給于飛，讓他去處理，她早就說要回房，是他不配合，莫怪她不得已裝暈。

起碼她顧到他的面子，不然當著眾人的面說自己尿急，能聽嗎？

對於新婦突然暈倒一事，于飛自有一套說法，先把長輩安撫好，把大夫找來，給了銀錢，要大夫按照他的話去解釋——新娘子因為一夜未合眼，被折騰得累了，一時氣血不佳才會暈倒，只要多休息就好了。

眾人不禁失笑，原來是新郎太勇猛，過了頭，新娘子畢竟是初次，禁不起折騰，才會如此。

虞巧巧才不管外頭的人怎麼笑她，回到屋裡，她又去睡回籠覺了。

于飛一直在前院陪著于夫人接待長輩，于夫人雖然失了丈夫，但她有個優秀的兒子，現在娶了新婦，晚年也有了依靠，接下來就等新媳婦幫她生個白白胖胖的孫子了。

可于夫人不知道，兒子和媳婦昨夜根本沒洞房，僕婦收去的白布上的血，其實是于飛劃破手指沾上的血。

由於新媳婦需要休養，因此後來小倆口都在屋裡用膳。

當夜，到了就寢時刻，于飛對她道：「妳先睡，我去練功房。」說完便出去了。

虞巧巧明白，他這是主動表明了不碰她，倒讓她少費口舌。

有些事明說容易傷感情，若是聰明人，不用他人開口，自己會迴避。

虞巧巧對于飛的聰明非常滿意，給了她方便。

看在這個分上，虞巧巧決定以後若有需要，在人前她願意配合他，多給他點面子。

她在屋裡也閒，故打了幾套拳法練練筋骨，流了汗後，便去浴房泡澡。

半夜熟睡時，她感覺到有人接近，立即警醒。

「吵醒妳了？」黑暗中，男人的星眸凝視她。

虞巧巧並不能做到目能夜視，聽聲音才知道是于飛。

「幾……什麼時辰了？」她差點把「幾點」兩個字問出口。

「子時剛過。」

那就是晚上十一點多了，虞巧巧被吵醒，其實已經清醒了，但她故意打了個呵欠，一副睏倦的模樣。

「早點睡吧，明天還要回門呢……」說完便只剩平穩的呼吸聲。

于飛盯了她一會兒，便不再言語，身子躺平，閉目而眠。

虞巧巧心想，看來他真的只打算跟她做掛名夫妻，她還想說總不能叫他一直當和尚，畢竟男人那方面也需要抒發一下，過一陣子，她問問他要不要納個妾算了。

隔日要回門，夫妻倆用過早膳，便要坐馬車出發。

于飛吩咐下人把禮物裝上馬車，便伸手扶著妻子上車，車門一關，馬車駛出于家，虞巧巧整個人就放鬆了。

于飛看得出來，她心情很好，登上馬車前，她還一副柔弱的樣子，需要菁兒攙扶，待出了于家，她就變得神采奕奕，眼神都不一樣了。

虞巧巧發現他在笑看她，問道：「怎麼了？」

「只是突然發現，妳身為女子有些可惜。」

「哦？怎麼說？」

「妳若生為男子，必有一番作為。」

虞巧巧聞言笑了。「多謝謬讚，我也很遺憾。」

從于飛的話中，她更加確定這男人倒是個懂得尊重女子的人，不會以男權欺壓女人。

成親到現在的日子雖短，但在洞房之夜，光看他願意陪她划酒拳，也可以做到不碰她，就知道這男人十分自制。

她本想日後看看情況再跟他談一談，但此時氣氛正佳，他對女子顯然比一般男人都大度，她覺得現在是談一談的好時機。

「咳……本來我是想改日再跟你說的，但擇日不如撞日，有件事倒想與你說個明白。」

于飛面色淡然，裝作沒察覺她語氣中的嚴肅。

「哦？什麼事？」

「你也知道，我本無心婚嫁，而你也說對了，我雖身為女子，卻有男子的鴻鵠之志，不願一生限於後宅。」

于飛看著她，知道這話還有下文。

虞巧巧頓了頓，決定攤牌到底。「因此我亦無心生子，你不如納個美妾如何？」

她直視他的目光，想從他的眼神中窺視他的情緒變化。

在這方面，虞巧巧倒是小瞧了他，于飛能在江湖上得了個「笑面虎」的稱號，自是因其不管遇到任何事都能面帶微笑，這養氣的功夫，他是非常行的。

聞言，他不但面不改色，反倒安撫她。

「妳別擔心，我不會逼妳生子，成親前我就說過，讓妳過妳想要的日子，這話自非虛言。妳既有鴻鵠之志，儘管去做，莫要耽擱了，若有需要我相助之處儘管明言，只要是我做得到的，必然盡心助妳。」

虞巧巧再度意外，她沒料到于飛竟比她預料得更加心胸寬大，反倒是她小心眼度人，怕他反悔，所以先把話挑明，結果人家還鼓勵她去幹一番大事呢。

經過這一番談話，虞巧巧對他的好印象立即直線上升。

新嫁的老公這麼好說話，還信守承諾，這麼好的男人幸虧給她遇著了，若擱在現代，還不見得找得到這麼大度又好商量的男人呢。

虞巧巧自此放心了，並相信于飛娶她真的如他所言也是想找個人結婚，好應付他老媽的催婚。

把話講明了，虞巧巧心情更輕鬆了，對于飛的態度也更隨意了些，把他定位為「夥伴」。

兩人既然有了共識，為了應付彼此的家人，肯定有許多地方需要合作。

「回門吃過飯後，我就不回你家了。」她說。

于飛面色平靜，沒有驚訝，而是問她。「妳要回莊子？」

「是。」

「好，我知道了。」

沒有囉嗦，也沒有任何不悅，只是爽快地點頭。

虞巧巧把他的分數提高到九十五分，這樣的老公非常好。

馬車到了虞家，虞老爺和虞夫人早就等著女兒和女婿回門，一聽到門房通報後，立即出來迎接。

夫妻二人到了虞家，立即轉換為新婚甜蜜的小倆口，不用言語溝通，兩人很有默契地曬恩愛。

丈人和丈母娘看女婿越看越中意，而這次回門，虞夫人關心的當然只有一件事，所以趁丈夫和女婿說話時，虞夫人就拉著女兒去後院說體己話。

「如何？跟娘說說。」虞夫人問的是洞房情況。

古人性教育保守，問話時都只是隱晦地暗示。

虞巧巧故意裝傻。「什麼如何？」

虞夫人忍不住拍她一下。「就是洞房啊，如何？」

虞巧巧故作恍然大悟，舉起大拇指。「很好，既溫柔又勇猛，一個晚上就叫了三次水，一次比一次給力，越做越勇——」

她說得臉不紅氣不喘，反倒是虞夫人瞪大眼，聽得臉紅到耳根去了。

女兒說得太白，實在是……真不害臊！

她指責女兒，虞巧巧卻不依了。「是妳要我說的，若妳想聽細節，我還可以說得更多。」

「停停停，不問了、不問了。」虞夫人受不了，主動打住話題。

這不省心的女兒，她知道女兒像隻母老虎，卻沒想到臉皮也厚。

「我警告妳，嫁人不比在家，平日咱們慣著妳就罷了，反正關起門來，別人也不知曉，但夫家不比娘家，妳要——」虞夫人說的不外乎是女子以夫為天那一套，虞巧巧早就聽膩了。

一想到吃完回門飯，她就可以回莊子了，她心情好，決定忍一忍，就不跟虞夫人頂嘴了。

虞夫人見女兒乖順地聽她說教，欣慰之情溢於言表。

果然女子嫁人後就不一樣了，況且她挑的女婿才貌雙全，女兒喜歡，自然就乖了。

到了用膳時刻，一桌酒席十分豐盛。

席間，虞巧巧還為于飛挾菜、挾肉，不管她挾什麼，他都照吃不誤，與丈人和丈母娘說話時，目光時不時朝新婚妻子看去，在外人眼中，只覺得他對新婚妻子十分滿意。

一家人高高興興地用完飯，到了該回去的時刻了。

虞夫人這才有了依依不捨的感覺。

虞老爺倒是還好，他得了一個優秀的女婿，出去跟人炫耀都有面子，因此並不怎麼傷感，況且他又不止一個孩子，還有一個小妾為他生了個兒子，可虞夫人只得一女，畢竟是己出，因此紅了眼眶。

虞巧巧正心喜總算結束了，可以回去她的莊子，想怎麼樣就怎麼樣。

「有什麼好難過的，我沒嫁人時根本很少回來，一年回來一次就算不錯了。」

她這話太殺風景，虞夫人好不容易醞釀的情緒都被她破壞了，氣得打她。

「死沒良心的，虧我懷胎十月生了妳，辛辛苦苦拉拔妳長大——」虞夫人氣這女兒說話口沒遮攔是一回事，更怕女兒潑辣的性子嚇到女婿，好不容易嫁出去，起碼裝一陣子，別那麼快露出馬腳啊！

虞夫人不知，她女兒不但露出潑辣的一面，還準備落跑，待她知曉時，肯定氣得吐血。

于飛過來打圓場。「巧巧性子直率，很合我心意，您放心。」

上道！虞巧巧覺得于飛這人真不錯，不用她開口就懂得過來幫她解難，她笑笑地勾著他的臂膀。

「娘，我們走了，還得趕回去呢。」

虞夫人見女婿這麼護著女兒，遂放了一百二十個心，笑罵道：「快去快去。」

于飛扶著妻子上了馬車，回頭向岳父岳母告辭後也上了車。

馬車駛出虞家大門，沿著巷子拐了彎，便再也見不著影子。

馬車行到大道上後，于飛對她道：「我送妳回莊子吧。」

「不了，直接到前面的茶樓吧，我的馬在那裡。」

于飛挑眉，也不多勸，便吩咐車夫停在前面的茶樓門口。

阿誠和阿立早就奉了虞巧巧之命在此等候，當見到虞巧巧從一輛馬車上下來時，原本坐在茶樓觀望的兩人立即站起身。

「大姑娘。」

「我的馬呢？」

「這就去牽過來。」阿誠立即麻溜地去了。

阿立捧起一個包袱遞給她。「大姑娘，您的包袱。」

虞巧巧接過，轉身面向跟上來的于飛。

「咱們就在此別過吧。」

于飛點頭，含笑道：「保重。」

虞巧巧笑笑，轉身就走，剛好阿誠將馬兒牽來，她逕自朝馬兒走去，阿立跟在她身後，回頭瞧了于飛一眼。

于飛注意到他的目光，挑了挑眉。

阿立收回目光，跟在虞巧巧身邊，突然伸出手。

「大姑娘，還是我來拿吧。」他說這話時，一手抓住包袱，微微低下頭靠近虞巧巧的臉，這個角度顯得有些親密。

虞巧巧並不覺得有什麼，但看在于飛眼中，卻嗅出了一種挑釁的味道。

于飛緩緩瞇細了眼，那個男人……

根據鍾泰先前調查的消息，虞巧巧身邊有兩位小廝，生得人高馬大，愛笑的叫阿誠，不笑的叫阿立。

他們不僅是家僕，亦是虞巧巧的護衛，時常如影隨形地跟著虞家大姑娘。

于飛忽然動了。

「巧巧。」

虞巧巧正要上馬，聞言愣住，回頭看向于飛，正要問他何事，卻見他突然抽出腰間的軟劍，直指她面門。

哐啷一聲，刀劍碰撞。

阿立的刀架住于飛襲來的劍，兩人銳利的目光在空中相撞。

虞巧巧驚訝，不明白于飛這是在幹什麼？

于飛收回軟劍，點頭讚賞。「功夫不錯，有他們護著妳上路，我也放心了。」

虞巧巧這才恍悟。

「當然，我這兩個護衛可是我親自挑的，功夫肯定不差。」

從她自豪的語氣中，于飛聽出這兩人在她心中的地位。

只是單純的護衛嗎？

他始終含笑看她，目送她俐落地躍上馬背。

虞巧巧看他最後一眼，抿著笑。

「走了，後會有期。」

她扯動韁繩，調轉馬頭，頭也不回地走了，阿誠和阿立兩人也齊齊一夾馬腹，駕馬跟上。

虞巧巧的心思早就飛到莊子上，迫不及待要回到她的地盤，很快就把于飛拋到腦後。

這時候，她還以為自己與于飛會很久很久才見一次面，除非有必要相約，不然通常是各過各的。

兩人只有逢年過節才會相聚，她是這麼認為的。

可這個想法在不久的將來會被正式打破。

那時她便會知道，一位優秀的獵人若要馴服獵物，必然會有持久的耐心。

第十一章

各城鎮皆有黑岩派布下的眼線，不只是探查南來北往的消息，也是接生意的媒介。其中一個媒介，便是虞巧巧的紅顏知己——雪燕。

雪燕是青樓妓子，生得不算頂美，但她能打出名號，全憑她那討喜的性子和彈得一手好琵琶。

每個月虞巧巧都會去摘月樓找雪燕，因為雪燕是她包下的妓子。

虞巧巧喜歡聰明又有才華的人，雪燕不但能說會道，該閉嘴的時候又懂得做一朵安靜的解語花。

虞巧巧在臉上黏鬍子，又把肌膚塗黑，扮成男子到青樓，加上她豪爽的個性，當時所有人都以為她是男子，唯獨雪燕看出她是女人。

虞巧巧這才注意到，雪燕有比一般女子更敏銳的觀察力，這樣的人很適合站在第一線過濾客戶。

她把雪燕包下來，在她和客官們聊天時順便挑選合適的客戶，然後不經意地把黑岩派的事告知對方就行。

虞巧巧的眼光沒錯，雪燕果然是個懂得把客人分類、過濾的人，若放在現代，雪燕肯定是最佳業務。

虞巧巧來到摘月樓，老鴇一見到她，立即心花怒放地迎上前。

「虞公子啊，今兒個怎麼有空來？」

虞巧巧在她屁股捏了一把。「想妳了。」

老鴇已經四十歲，聞言笑得樂開了花。所有客人中，就這位英俊的虞公子會吃她豆腐。

「少來，是想你的雪燕吧！」

「雪燕哪及妳的風情？可惜我太晚出生，不然一定包下妳。」

老鴇又被她逗得哈哈笑，其他妓子聽到虞公子上門，全都上來打招呼，誰教虞公子不只俊，還很大方，每次來都人人有賞。

虞巧巧就這樣一路吃豆腐過去，來到了雪燕的院子。

這座獨院是虞巧巧幫她包下的，雪燕早就在院中等著迎接她。

「虞公子。」雪燕輕輕一福，巧笑倩兮，雖不是絕美，但勝在順眼。

虞巧巧伸臂一攬，將雪燕攬入懷中，在她臉上親了下，回頭對老鴇愧疚道：「抱歉了宋娘，雖然妳床上功夫好，但雪燕還是我的心頭寶，今日就不讓妳侍寢了。」

別人都叫她宋媽媽，唯獨虞公子要喊她宋娘，這是故意把她喊年輕了。

宋媽媽哪會在意，又聽她說這一番胡話，差點笑岔了氣，捧著心口，抖著手指著她，卻笑得半天吐不出一個字，最後好不容易接上氣，才丟了句話。

「好生伺候虞公子。」

「是，宋媽媽。」雪燕嬌笑著應下。

宋媽媽對虞巧巧拋了個媚眼才離開，虞巧巧便摟著雪燕一同進屋。

到了屋裡，瞧見一桌子的酒席，虞巧巧目光亮了亮，低頭看向雪燕。

「這是為妳準備的，我知道妳今日要來。」

虞巧巧驚訝，雪燕補了一句。「騙妳的，妳每隔一段日子就會來，我掐算時日，覺得是這幾日，因此已經連續三日都準備酒席等著妳呢。」

虞巧巧聞言哈哈大笑，這就是雪燕令人喜愛之處，跟她在一起既有趣又如沐春風。

除了菁兒，雪燕也是伺候人的好手，虞巧巧指的並非床上功夫，而是雪燕的貼心及細心。她會察言觀色，細細推敲，但不會讓人覺得有壓力，她照顧人有一種春風化雨的細膩，令人全身舒暢。

若不是虞巧巧還需要她做業務，不然早就贖人帶回家了。

虞巧巧一開始來的確是衝著生意，但雪燕太會伺候人，久而久之，虞巧巧除了來打聽生意，也順道來她這裡抒壓休息。

莫怪青樓是男人的溫柔鄉、銷金窟，虞巧巧身為現代人，見識多，沒有對妓子的成見，以公平的眼光看待，便看到了雪燕的優點和才華，連她都喜歡來青樓了，更何況是男人。

酒過三巡後，虞巧巧問道：「最近有什麼消息，說來聽聽。」

雪燕明白這是要談正事了，她遣退屋裡所有的婢女和小丫鬟，又讓自己信任的貼身婢女去外面守著，不准任何人靠近。

雪燕正色，開始向虞巧巧彙報。先說江湖上的大小事以及朝堂狀況，接著再說江湖恩仇。

她擇了三個人，認為這三人最有可能花銀子買命報仇。

虞巧巧聽完，點頭讚道：「妳做得很好。」

雪燕得了讚美，笑得一臉得意，她在虞巧巧面前也很放鬆。

虞巧巧在這裡宿了一晚，隔日睡到自然醒，被雪燕侍候泡了個花瓣澡，用了一頓豐食美酒後，便心滿意足地離開了。

雪燕、宋媽媽及一干姑娘們將金主送到大門口，看她上了馬，瀟灑地離去，眾人這才往回走。

雪燕一回頭，便瞧見其他姊妹都用豔羨的目光看著她，其中自然也包括嫉妒的目光。

她彎起唇角，一手扶著腰，一手抓著婢女。「哎呀我的腰，都快走不動了。」

宋媽媽立即殷切地關心。「快回去休息吧，折騰一夜也累了。」

「媽媽，我今日怕是不能見客了。」

「無妨，今日妳就好好休息，閉門謝客。」

「謝媽媽。」

眾女子又羨又妒，花魁更是忿忿不甘，她明明是摘月樓最美的女子，怎麼那位虞公子就看不上她呢！

挑客戶是大事，虞巧巧仔細跟三名客戶接觸後，決定接其中兩個案子，先預收一半的費用，事成後再付另一半。

虞巧巧帶著生意回到了桃花莊。

「傳令眾人到議事堂。」她吩咐阿誠。

「好咧！」阿誠知道這是有生意上門了。

當銅鑼被敲響三聲時，眾人聽出這是叫大夥兒去議事的鑼聲，整個精神都來了，即便不在屋裡、跑去田裡耕種的人也能聽到鑼聲，便施展輕功，幾個工夫就跑了回來。

「誠哥，有生意上門了？」飛毛腿阿毛輕功了得，第一個報到。

「八成是，莊主出去一趟回來，叫大夥兒集合，肯定有好事。陶大呢？」

「他在背詩呢。」

「啥？他一個粗人背什麼詩？頭殼壞了？」

「他想追青青，知道青青喜歡斯文人，他就去書庫找詩來背。」

另一人剛到就聽到這事，哈哈大笑。「如果背詩就能追到女人，我早就去背了，要追女人，還是要靠這個！」說時彎起手肘，展現出他的臂力。

大夥兒三三兩兩地來到議事堂。

議事堂的設計也是別出心裁，牆上掛的不是字畫，而是行事曆。

虞巧巧請人做了三十一塊木頭，每一塊木頭上都有數字，就鑲嵌在木頭格子裡，只要來到新的月分，就排出這個月的所有天數，每個天數下面都有空位可以貼上字條。

例如誰生辰、誰值日、哪一天是打獵日、哪一天是比武日等等，全都排在時程上提醒眾人。

至於臨時會議，就敲鑼通知大家集合，通常臨時會議便是有事要公告，而這件事通常跟生意有關。

眾人都很期待，因為又有銀子可賺，也很好奇這次的目標會是誰？

待眾人都到齊後，虞巧巧朝阿立點頭，阿立便向眾人宣布。

「有兩人出了高價要咱們斬草除根！」

眾人屏息，有幾人還咧嘴笑。

虞巧巧坐在主位上看得很清楚，眾人的目光都亮了，鬥志高昂。

阿立接著道：「第一個目標，賞金一千兩！」

咧嘴笑的人更多了。

「第二個目標，賞金三千兩！」

四周傳來不少抽氣聲。

三千兩?這是他們目前接到最高的價碼了。

賞金高表示難度高,大夥兒都在猜第二個目標是誰?

第一個目標要殺的是淫賊,這個大夥兒最不客氣了,淫賊是最不可恥的,專欺弱女子,死不足惜。

第二個目標是貪官,福臨縣的知府老爺,這個官不算大也不算小,但畢竟是官,要承擔的風險比較大,所以開價高。

宣布完目標後,便由虞巧巧來發言。

第一個目標是江湖人士,需要耗費工夫去調查,因此虞巧巧開始分配工作,幾人一組,先去探查。

第二個目標是貪官,貪官好找,但背後是否有靠山得好好探詢一番。

貪官分兩種,一種是沒有後臺的,瞞著上面,自己和底下的人一起貪;另一種是背後有人的,根據上頭的指示來貪,這種最麻煩。

虞巧巧要查清楚的就是這個貪官背後是否有人,小心駛得萬年船,有沒有靠山的貪官,做法會不一樣,因此調查的任務她要交給心腹手下阿誠和阿立,讓他們挑選自己的人一起去探查。

正當大夥兒討論得如火如荼時，門房突然匆匆進來，他對其中一人使眼色，低聲說了一句，此人一聽，又趕緊找上阿誠低聲說話。

阿誠變了臉色，回頭看向虞巧巧，虞巧巧已經注意到他的表情，挑了挑眉。

阿誠走到她身邊小聲稟報。

虞巧巧聽了亦是面色劇變，她看向阿誠，阿誠無奈地聳肩，阿立這時候也看了過來。

虞巧巧丟了句命令。「有客到，討論到此為止，大家先回自己的崗位。」

眾人討論得正熱烈，聞言十分錯愕，見到莊主沈著一張臉，大步出了議事堂，似乎心情很不好。

大夥兒正為生意上門而熱血沸騰，一點也不想散會，紛紛問向阿誠。

「出了何事？誰來了？」

能讓莊主變臉的人肯定不簡單。

阿立沈默不語，阿誠則是不嫌事大地咧開了嘴。

「咱們莊主的相公來了。」

虞巧巧臉色沈重，心裡悶著一股火，不知該發還是不該發？

這座莊子對她而言是她的秘密基地，是她一手建立起來的心血。

未經她的允許，無人可以進來，而她挑選的夥伴也都培養出了默契，沒有人會隨便帶人回來。

可是現在有個人未經她的同意來了，而且是第二次，而她似乎還不能制止他，因為這個人是她的丈夫。

于飛來幹什麼？

虞巧巧以為兩人會有好一段時日不見，在前去見他的途中，她已經迅速調適好情緒，收起心中的狐疑和不悅。

依她閱人的經驗，她覺得于飛這人不像是個黏人的男人，應該是有什麼重要的事來找她吧？

思及此，她的態度便慎重多了，畢竟是要長期合作的「夥伴」，也不能太寒了對方的心，好歹他也掛著「老公」的名義呢。

虞巧巧走進會客廳堂，環視一周，沒見到人。

她心中奇怪，叫來看守大門的手下。

「人呢？」

看守大門的人負責把人帶進來，回稟她的話。

「稟莊主，人在您屋裡。」

虞巧巧靜默了下，心想不會吧？應該不是她想的那樣吧？

她沈住氣，再問個仔細。「哪個屋裡？」

手下沒嗅到氣氛的波動，還傻傻的老實回稟。「就是您主院的屋裡。」

虞巧巧笑得很危險。「你把他帶進我屋裡？」

「呃……他說他是您的相公……」手下終於感覺到不妙，後知後覺地發現自己好像做了一件會惹怒莊主的事。

虞巧巧的目光幾乎要把守門的手下給戳出一個洞來，但這時候她必須趕去處理那個男人，暫時沒空懲罰他。

「回頭我再修理你！」她轉身火速奔向自己的臥房。

不怕神一樣的對手，就怕豬一樣的隊友，現在神對手和豬隊友都來了，豬隊友把神對手帶去她的臥房……天殺的！

臥房是她的私密空間，也是她的藏寶庫，是她耗費數年設計出的完美空間，別說莊子那些手下，就連貼身婢女她都沒讓她們隨意進入。

唯一可以不必通報就進入的菁兒，也是她花了幾年時間觀察，確定菁兒是個守口如瓶的人，她才給了菁兒可以隨意進出她房間的特權。

不過菁兒就算進入，也只能打掃，不敢動她的東西。

而現在，有個男人就在她的臥房，那個才見過幾次面、掛著丈夫名義的男人，進入了她的私密空間，感覺好似自己的秘密被人偷窺，這比脫光衣服遊街還讓她火大。

當她火速回到自己的院子，進了屋，就瞧見菁兒一臉想哭的表情，以及那個正悠哉欣賞房間布置的男人。

于飛轉過身來，瞧見了他的新婚妻子。

她面色沈靜，雖無怒容，可于飛亦是個擅長察言觀色之人，他能感覺到她周身的氣場處在一種不可侵犯的狀態中。

看來他進入她閨房這件事，讓她很不高興哪……

于飛裝作不知，見到她，他一臉高興，把一盒包裝精美的禮盒擱在桌上。

「娘子，這是福臨縣有名的牡丹糕，為夫等了三天才訂到的，特地帶來給妳品嚐。」

「……」望著于飛誠心而真摯的笑臉，虞巧巧只覺得一個頭兩個大。人都來了，總不能趕他走，況且人家是用夫婿的名義來找她的。

所以說，結婚就是麻煩！

桌上擺了一壺熱茶，茶香裊裊，而他帶來的牡丹糕則當作茶點搭配。

虞巧巧親自為兩人斟茶，當牡丹糕咬在嘴裡，融在舌尖上時，她眼睛都亮了。

簡直人間美味！這是她目前吃過最好吃的糕點！

美食是人與人之間溝通的橋梁，原本于飛感覺到她對於自己闖入她的閨房之事十分不悅，幸虧他早有安排，特地買來這入口即化的牡丹糕討好妻子，果然讓她臉色好看了點。

他佯裝不知她的不悅，以牡丹糕開啟話題。

「這是前任御廚做的，因為御廚年歲已大，向聖上表明告老還鄉之意，聖上恩准，賜了大批賞銀，他便帶著賞銀回鄉，以自己的手藝開了一家糕點鋪。」

虞巧巧心想，原來是御廚，莫怪如此美味，簡直不輸給現代五星級飯店大廚的糕點。

「這位老御廚十分低調，告老還鄉卻不張揚，而是以自己的手藝為豪，研製了各式糕點，再度打出知名度，這牡丹糕只是其中之一。」

虞巧巧吃得正香，聞言頓住。「他還有什麼糕點？」

「他以花為名，除了牡丹，另有荷花、桃花和梅花，這些是甜的，還有鹹糕，嚐起來別有一番風味。」

虞巧巧好奇歸好奇，但她在現代畢竟也吃過不同名廚做的甜點，因此除了最初的驚豔外，並無太大反應。

看在他專程送伴手禮的分上，她也不好太不給他面子，只不過一想到他這次來，說不定以後也會來，便覺得頭大。

「其實這糕點也只是順手帶來，我這次到福臨縣是為了查一件案子。」

虞巧巧頓住，抬眼看向于飛。「哦？什麼案子？」

「貪官案。」

聽到「貪官」二字，虞巧巧目光微動，雖細微，但于飛知道她感興趣，便將內容娓娓道來。

「福臨縣的彭知府貪墨收賄，欺壓百姓，由來已久，之所以長年相安無事，無人舉發，我猜測應是他背後有靠山。」

虞巧巧心中一動，福臨縣彭知府？不就是她剛接下的生意，要狙擊的目標之一嗎？她面上不動聲色地問：「什麼靠山？」

于飛搖頭。「不知，只是猜測。一個小知府連軍糧都敢盜賣，若不是背後有人撐腰，他怎敢？這可是誅九族的重罪，我此行去，就是為了調查彭知府，可能要花一點時間。」

虞巧巧眼中閃過一抹精亮，又為他斟了一杯茶，語帶關心。

「聽起來這任務極為重要，會不會很危險啊？」

原本對他的到來頗為不悅的妻子突然變得殷勤，還頻頻為他斟茶，心思細膩如他，從她的些微變化中，他察覺到一件事。

她的眼神變化是從聽到「彭知府」之後開始的。

難不成……有人出賞金要她刺殺彭知府？

于飛斂下眼簾，啜了一口茶，讚道：「妳的茶特別香，這是什麼茶？」

虞巧巧提起茶壺又為他斟了七分滿。「這是七葉膽，我去南方找來的，味道甘甜，生津解渴，你若喜歡就多喝點……」

守門的小趙跑了好幾趟茅廁，全因為緊張。

他今日做錯了事，把莊主的相公往莊內帶去，其實他本來是想把人領到客堂的，但因為莊主不在，莊主相公問他可否帶自己隨意走走，打發時間。

小趙不疑有他，莊主相公人又這麼客氣，加上人家也不是第一次來，上回就見過了，只是在花園走走看看，應該無事。

小趙來到莊子只有一年，資歷最淺，莊主相公不嫌棄他，與他相談甚歡，小趙便漸漸放下警覺心。

直到莊主相公舉起手上提的禮盒，說是前任御廚的手藝，想給莊主一個驚喜，若要把糕點放在莊主房間，不知該往哪兒走。

小趙順手就指了一個方向，他當時沒想太多，只覺得人家是莊主的相公，做丈夫的去妻子的房間，並無不妥。

但他忘了，他們的莊主不同於一般女子，可是小趙腦子裡也有這個時代的男權思想，總認為女子成親後便以夫為天，才讓他不小心犯了這個錯誤。

現在他後悔也來不及了，一想到莊主瞪他時的怒目凶光他就害怕，一害怕就想跑茅房。

正當他以為自己可能會被趕出莊子時，就見莊主和莊主相公琴瑟和鳴地並肩走來，兩人臉上皆是笑意盈盈。

小趙盯得眼睛都凸了，耳邊聽得莊主對相公說：「我讓人給你準備了乾糧，路上餓了可以充飢，此去路途遙遠，你要多保重。」

于飛笑著點頭。「妳也是，看妳安好我就放心了，真抱歉，本是只想送禮就走的，卻叨擾多時，聽我說那麼多案件，妳一定覺得很無趣吧？」

「不，怎麼會呢，聽了這麼多，才知道那貪官草菅人命，實在可恨，若是他背後真有靠山，你要多小心，別打草驚蛇。」

「我明白，這次的任務是去打探虛實，但願一切順利。」

兩人並肩行走，話說到這裡，于飛準備離去，虞巧巧眼珠子轉了轉，心中有了決定。

「于飛。」

「嗯？」

「下回若經過可來我這兒，我還有很多好茶呢。」

于飛頓住，客氣道：「怎麼好意思多叨擾？」

虞巧巧大方地說：「咱們什麼關係，你跟我客氣什麼？」

于飛猶豫了下，遂含笑點頭。「如此，下回有空便來叨擾了。」

「不擾不擾，我讓人給你整理一間院子，你在外奔波，若不嫌棄可來此休憩，咱們亦可小酌一杯，如何？」

于飛目光精亮，笑意加深。「如此便好，到時咱們飲酒對談，妳若有興趣，我與妳說說江湖秘聞。」

「那就一言為定了。」

經過一番茶聊，兩人更熟絡了，虞巧巧送他到前院，讓人牽馬來，看著他俐落地躍上馬背，她將裝了吃食的包袱遞給他。

「別忘了這個。」

于飛將包袱繫在馬鞍上。「多謝，快則一個月，慢則兩個月，我便過來。」

他一夾馬腹，策馬上路，沿著大道一路向前奔馳。

待奔馳了一會兒，他停下馬，回頭看向莊子，莊子大門已然關上。

他勾起唇角。

這一回探莊，收穫頗豐，一壺茶、一包乾糧，以及一份熱絡。

還有一間可以給他休憩的廂房。

于飛笑意更深，用力一夾馬腹，奔馳而去。

第十二章

貪官彭知府背後可能有大靠山……虞巧巧原本要派人去查，現在無意中從于飛那兒得到消息，便暫時取消行動。

她決定先觀望，畢竟有六扇門出馬調查，那消息更可靠。

這便是她為何中途改變主意，給于飛挪出一間廂房來。

給他專屬的廂房，他為她帶來可靠的消息，十分划算。

於是刺殺彭知府一事暫且擱下，她先解決一千兩賞金的淫賊案。

淫賊雖是江湖人，但多為江湖人所不恥，殺了不會引來其他門派的追殺，所以殺淫賊不難，難的是要找到他。

這淫賊特別會躲，要查他的藏身處需要花費一番工夫。

虞巧巧的計劃是放個餌，引誘淫賊出來。

淫賊要什麼？女人。

正好，她有青青、柳柳和圓圓三名美人，是最好的誘餌。

「莊主——」

「我怕——」

三名美人瑟瑟發抖，哭得梨花帶雨，讓虞巧巧好生頭痛。

「放心，絕不會讓妳們有一絲傷害，妳們只要裝作沒事就好。」虞巧巧一邊安撫，一邊瞪向其他人。

是誰洩漏了機密！本來她都計劃好了，讓三位美人在不知情的情況下做誘餌，現在好了，她們知道實情還怎麼當餌，全都發抖到不行，等於告訴淫賊他們設了陷阱來逮他，還怎麼刺殺？

阿誠亦是傷腦筋，低聲對她道：「莊主，這樣不行，若真把她們丟出去，咱們守一個月都沒用。」

虞巧巧當然知道，所以感到頭疼。「問題是不用她們，要找誰做餌？」

「讓我來當餌吧。」

虞巧巧和眾人聞言，轉頭看向議事堂門口，皆是一怔。

開口的是菁兒，而她的臉上沒了醜斑。

「我用妝容蓋住醜斑，莊主覺得可行嗎？」

虞巧巧上前打量，其他人也圍了過來。

她瞧個仔細，果然見到菁兒臉上塗了厚厚一層粉，沒了醜斑，菁兒的美著實讓人驚豔。

阿誠和阿立站在左右各一邊，打量菁兒的臉。

阿誠道：「嘿，菁兒，沒想到妳沒了斑，原來可以這麼美啊。」

阿立也稱奇。「依我看，菁兒可行。」

菁兒是除了兩人外跟著莊主最久的，平時不大說話，只是默默的伺候莊主，盡自己的職責，但阿誠和阿立發現，菁兒不說話則已，一開口就一鳴驚人。

上回在比武場向梅冷月挑戰時讓眾人驚訝，這回自願當餌，又驚了兩人。

虞巧巧也上下打量菁兒，問道：「妳真願意？」

菁兒毫不猶豫地點頭。「任憑莊主差遣。」

「不怕？」

「不怕，我相信莊主。」

虞巧巧笑咪咪地道：「行，就妳了！放心，我絕不會讓妳受傷的。」

不過這事得瞞著梅冷月，千萬別讓他知道。

於是虞巧巧帶著菁兒，領著眾人一起上路。

有了菁兒這個餌，計劃就能順利進行，設下陷阱，引蛇入甕。

她的計劃是，讓菁兒扮成出嫁的新娘坐在花轎裡，而抬轎的兩名轎夫都是虞巧巧安排的人，他們抬著花轎沿著山間小路走。

虞巧巧等人就埋伏在山路上。

這條路線她看了很久，若要犯案，這條路是最好下手的地方。

為了不讓淫賊發現他們埋伏在此，虞巧巧讓所有人前一晚就先在此藏身，而她則藏在一處大石下，身上蓋著掩蔽物，仔細盯著花轎。

按照計劃，花轎行經此地，轎夫必須停轎休息，假裝口渴喝水。

休息一會兒，便要繼續趕路。

此時，另一條山路上也出現了一頂轎子，這轎子亦是由兩名轎夫抬著，巧的是也是出嫁的隊伍。

他們倒沒想到在這條山路上，會碰到真正出嫁的村姑。

「嘿，老兄，咱們是花谷村的，你們是從秀井村來的嗎？」其中一名轎夫操著地方口音問道。

秀井村和花谷村是兩個相鄰的村子，中間隔了一座小山，若要從這個村到那個村，這條山路是必經之路。

扮成轎夫的其中一人笑著回答。「是啊，咱們是從秀井村來的。」

「咱們是花谷村鐵匠家，你們是秀井村哪家嫁女兒啊？」

他們哪會知道？兩名轎夫彼此看了一眼，未料會遇到真正的鄉野村民詢問，也沒事先套好招，只能見機行事，隨便編一個。

「咱們是村長家隔壁的。」

「哦？那是阿貴家的。」

兩名花谷村的轎夫跟假扮的轎夫聊了一會兒，也喝了口水。

這是個很簡單的插曲，假花轎遇到真花轎，聊一聊後便分開了。

花轎交錯，各自朝反方向前進，並未發生任何事，眼看就要走出山路，仍沒見到任何可疑的人物。

按照計劃，若是出了他們埋伏的路線就要停下。

假扮的轎夫抬著轎子往山路盡頭一拐，拐進一旁的樹林裡。

「菁兒，要不要休息一會兒？」轎夫小林低聲問菁兒。

裡頭沒人應答。

小林不禁納悶，難不成菁兒睡著了？

他將轎簾掀開一條縫，朝裡看了一眼，這一看大驚失色！

他用力掀開轎簾，轎中根本沒人，菁兒不知何時不見了，取代她的是一顆大石，大石的重量與一名女子差不多，因此他們抬轎時仍感覺到沈重，不疑有他。

小林將手指放在唇邊，用力吹哨。

虞巧巧聽見了，立即掀開掩蔽物，快速朝轎子奔去。

「美人！菁兒不見了，剛才那轎子有異！」小林趕回來稟報，另一名轎夫陳七已先追了上去。

虞巧巧大驚，立即拔腿去追。

她在高處觀察，完全看不出有異，這一招偷天換日就像扒手偷東西一樣，讓人防不勝防。

能做到劫人而不打草驚蛇的，只有一種可能！

淫賊不是一個人，而是一個「團體」！

虞巧巧恨自己的大意，他們調查的消息，只知淫賊花豹擅於躲藏，卻不知淫賊不止一人，難怪他能行蹤成謎，因為他們靠著多人來掩護，在江湖上製造淫賊只有一人的假象，藉此混淆視聽。

若是菁兒有個閃失，虞巧巧肯定不能原諒自己，她太輕敵、太自負了！

虞巧巧臉色慘白，只祈求上蒼原諒她的失誤，她仗著自己的經驗，總認為自己在現代臥底的經歷到了古代一樣吃香，能克服萬難。

加上她這一路走來始終順遂，除了刺殺杜成才那次稍微失利，但最後仍是刺殺成功，便讓她很快忘了不如意，充滿了信心，總認為自己可以一帆風順。

她只求自己能夠趕得及，若失去了菁兒的行蹤，她不知道去哪裡找她。

虞巧巧第一次感到恐懼。

當眾人到處搜查時，遠處突然傳來女子的呼喊——

「大姑娘！」

虞巧巧緊急停下，猛然抬頭，就見上頭的山坳處有個女子用力朝她揮手。

「大姑娘！我在這裡——」

是菁兒！

虞巧巧大喜，正要往上趕去，卻見菁兒依然用力揮手，彷彿有些著急，同時不停喊著「大姑娘」，似乎在強調這三個字。

虞巧巧總算察覺出不對，停下來冷靜一想。

「出任務時要用代號，大夥兒要喊我美人，在莊子裡要叫我莊主，回到虞家要喊我大姑娘。」

大姑娘？

這是她再三向眾人強調的規矩，誰要是忘了就吃她拳頭，打到長記性為止。

虞巧巧面色一變，立即朝天空丟出一個煙火。

這是緊急撤退的信號，只有在最緊急時才會使用，要大家各自保命撤退。

煙火在空中燃放，發出一聲炮響，而她則除去臉上的面罩，將身上的黑衣一脫，丟入草叢，露出裡頭的青衣勁裝。

菁兒向來聰慧，與她默契十足，對她大喊便是要告知她，此時她最好恢復成「大姑娘」的身分。

她深吸一口氣，匆匆趕到上頭，當見到菁兒以及一群男人時，她心中歡喜菁兒無事，同時盯著那些男子。

遠遠瞧著，那些男子都生得十分高大，每個身著玄黑勁裝，腰間佩劍，見到她來便都盯著她。

鍾泰打量那遠遠走來的女子，轉頭問菁兒。「那就是妳家大姑娘？」

「是啊，我是大姑娘的貼身丫鬟。」

此時虞巧巧已經走近，鍾泰看清她的面目，「咦」了一聲。

「這不是嫂子嗎？」

鍾泰查過虞家，自是見過于哥新娶的媳婦，成親那日他也去了，還幫忙擋酒呢，但他見過臉上有斑的醜婢菁兒，沒見過沒斑的美人菁兒，因此一時沒認出，直到瞧見虞巧巧。

虞巧巧心中一凜，面上表現出驚訝。她不熟悉鍾泰，但聽見他喊自己一聲嫂子，便知是于飛的人。

這些人是六扇門的捕快！

「你是？」她故意裝糊塗。

「我是鍾泰，是于哥的手下，嫂子不認得我，我卻認得嫂子。」

虞巧巧臉上佯裝意外。

「你們怎麼在這裡？」

「咱們奉命來這裡抓人呢。嫂子又怎麼會在這裡？」鍾泰一臉狐疑。

虞巧巧該慶幸她是嫁給于飛，因此鍾泰沒把她當作可疑人物，否則按照六扇門的行事，不管對方是男是女，都先當成嫌疑犯扣下再說。

「我們是來抓淫賊的。」虞巧巧腦子動得快，直接把目的說出口，與其打馬虎眼，不如痛快承認，才不會引得對方懷疑。「聽說淫賊花豹喜歡擄新娘子，我就讓菁兒扮成新娘子，將花豹引出來。」

鍾泰吃驚，上下打量她們。「就妳們兩個？」

「還有我那兩個轎夫呢，拳腳功夫不錯，是我帶來的護衛。」

鍾泰一臉狐疑。「既如此，嫂子如何得知花豹會出現在此？」

虞巧巧知道他起疑了，若是她給的理由不夠充分，恐怕會適得其反。

正當她腦子飛快地轉著要編出一個理由時，有人喊她的名字。

「巧巧。」

兩人轉頭看去，就見于飛大步走來，臉上有意外。

「妳怎麼來了？」

虞巧巧靈機一動，立即上前抱住他一隻手臂，撒嬌道：「擔心你啊，怕你危險嘛，就想盡一份心力，誰知道你們這麼厲害，這麼快就把淫賊抓住了，讓我想幫忙都不行。」

這話她說得隱晦而有技巧，沒說自己怎麼來到這裡的，卻可以引導別人往另一個方向去意會。

于飛看著她，什麼都沒說。

鍾泰看了于飛一眼，接著一臉恍悟，咳了咳，說道：「嫂子，你們太冒險了，淫賊不止一人呢。」

虞巧巧驚訝。「什麼？」

「淫賊花豹不是一個人，而是一夥人。」

虞巧巧瞠目結舌。

「咱們盯著這夥人已經有一段時日了，您聽到適才的炮響聲沒？那是淫賊的暗號。」

「……」虞巧巧一臉後怕。

「您運氣好，遇到咱們，于哥領著咱們在此已經守了三日呢。」

「……是啊……運氣真好……」虞巧巧真是捏了一把冷汗，在鍾泰的解說下，她才知道適才有多麼驚險。

于飛順勢將妻子攬在懷中，無奈的語氣中帶著眷寵。

「別怕，我這不是沒事嗎？倒是妳，太胡來了，不該仗著自己有功夫就貿然出手抓賊，幸虧鍾泰機靈，不然妳的餌早就被淫賊抓去吃了。」

虞巧巧從驚訝中回過神來，瞄了一眼自己被男人握住的手，再抬眼對上他眼中的關心，她心中一動，立即小鳥依人般地主動偎近他懷裡。

「這次是我大意了，菁兒，快謝謝人家的救命之恩。」

菁兒反應也快，低著頭朝鍾泰福身。「多謝官爺。」

鍾泰擺擺手。「既是嫂子的人，當然要救了，甭客氣。」

菁兒道完謝，便趕緊退到虞巧巧身後，垂下眼隱藏自己的情緒。

淫賊還得處置，于飛放開她，與鍾泰去一旁說話，虞巧巧聽得他們說，已派人去追另一批撤走的淫賊。

所謂另一批，就是虞巧巧的人馬。

趁沒人注意，主僕兩人交換了一個心驚膽跳的眼神。

老天保佑，阿誠、阿立他們能夠順利帶人及時撤退！

六扇門的捕快將淫賊一一收押，脖子和雙手都上了銬，跪在地上。

「人數多少還得徹查，但至少在十人以上。」于飛道：「他們分成好幾組，分別在不同地點犯案，製造行蹤成謎的假象，讓官府捕快疲於奔命。他們的做案手法都相同，因此才會讓人以為是同一個人，而扮成花豹者都是由身形相似的人來擔任。

「咱們盯這個目標已經有一段時日了，這次收到消息，他們會在此做案，因此咱們先在此埋伏，就等他們現形。

「當抬轎人出現，咱們就注意到了，從高處看下去，他們三人一組，負責抬轎的一人去講話，轉移對方的注意力，另一人則擋住視線，好讓轎中人潛入另一邊的轎子將新娘子擄走，並放置一塊大石維持重量，讓轎夫以為人還在轎中。」

整個過程，六扇門的捕快從高處看得清清楚楚，虞巧巧卻聽得心驚膽跳，心下偷偷冒冷汗。

幸虧他們躲在坡下凹縫處，擋住了他們的身影，沒讓六扇門的人發現。

虞巧巧慶幸在千鈞一髮之際她讓所有人及時撤退，更慶幸于飛的手下救了菁兒。

以她的經驗來看，六扇門這些捕快不愧是選出來的精英，在辦案上比她帶的刺客們專精多了。

她回想自己埋伏的位置，站得不夠高，視線有死角，因此沒瞧見淫賊是如何偷龍轉鳳地把菁兒擄走。

想到菁兒可能的下場，她就一陣後怕，她寧可不賺這個錢，也要菁兒平安無事。因為這個想法，此刻虞巧巧看于飛就像在看詹姆士・龐德一樣，倍感親切。

鍾泰走過來彙報。「于哥，人都清點好了，總共抓到十二個人。」

于飛點頭，對虞巧巧道：「我得處理那些人，妳可要去那兒休息喝口水？」

「你先去忙，不用理我。」

于飛點頭，對她道：「妳先等我一會兒。」然後他便去處理那些犯人。

虞巧巧這時才有時間跟菁兒說話。

「可有受傷？」

菁兒搖頭。「我沒事。」

虞巧巧嘆了口氣。「是我思慮不周，這次實在驚險，委屈妳了。」

「大姑娘別這麼說，我沒事的。」

虞巧巧伸手握了握她的手，回頭看向于飛那處，他正指揮手下將淫賊各自分開。

她知道于飛是打算分別偵訊，免得淫賊們套招。

「大姑娘自去忙，不用管我。」菁兒跟著她多年，知道大姑娘在想什麼，大姑娘想過去聽審訊。

大姑娘是于飛的妻子，過去或許方便，帶著她就不便了。

虞巧巧確實想去探聽一下他們拷問的內容，聞言對菁兒道：「妳等我，我去去就來。」

菁兒點頭，看著大姑娘離去，她便想找個地方坐著等，但這裡是外頭，若要找地方坐，只能找樹下或是大石頭。

她左右尋著，一轉頭，不經意對上另一個男人的眼神。

她看了對方一眼，便移開目光。

「給姑娘騰個地方坐。」鍾泰命令。

一旁的手下們聽到，立即去辦，不一會兒，就有人在樹蔭底下弄了張木椅。

「姑娘，請。」

菁兒本想拒絕，但想到人家是六扇門的官爺，若拒絕等於不給面子，便朝對方福了福身，朝樹下走去。

第十三章

鍾泰往樹下瞧了一眼，美人似嬌，坐在樹下時，儀態規規矩矩的。

他們時常接觸三教九流之人，因此對識人特別敏銳，不同的身分有不同的氣韻，那美人觀其氣韻，一點都不像奴婢，反而像個大家閨秀。

娶來做妾倒是很不錯。

鍾泰回想當時那美人被對方擄走，摀住了嘴，卻奮力掙扎，傷了對方。

幸虧他即時出手，要不然……擄她的那名淫賊就要死了。

他當時看得很清楚，明明是柔弱的女子，被摀住嘴時卻反手一劃，傷了對方腋下的經脈，用的是防身的匕首。

這一刀逼得淫賊放開了她，當淫賊二度上前抓她時，鍾泰在此時迅雷出手，一手抓住她拿著匕首的手腕，另一手執刀削去淫賊一條手臂。

他的目光沒離開她，因此看得清清楚楚，美人十分鎮定，可見到他出現，容顏露出了詫異。

那美眸瞪得大大的，好似璀璨的星光。

鍾泰記得那觸感，美人手腕十分纖細，她並沒有內力，匕首也只是防身自保而已，手下說那淫賊全身僵直，他這才知曉匕首上塗了一層毒，會讓人四肢癱軟。

身無武功的弱女子敢以身為餌，這種膽量已比其他尋常女子強太多了。

美人有膽量，性子冷靜，讓鍾泰對她高看了好幾眼，起了把人收房的心思。

菁兒坐在樹下，感覺到有一道目光，她抬起眼，瞧見適才命令手下為她準備坐席的男子正瞧著她，見她看來，彎起一抹笑。

她避開他的目光，起身去找大姑娘。

虞巧巧正站在于飛身旁，看著他處置這些淫賊，就地拷問。

當菁兒靠近時，被其中一名捕快擋住。

「閒人勿近。」

菁兒被伸出的劍鞘擋在前頭，正想開口喚大姑娘，就聽見後頭傳來男人渾厚威嚴的嗓音。

「想過去看？」鍾泰問。

菁兒瞥了他一眼，沒抬頭，只是平視男人的胸膛，語氣不帶起伏地道：「我要找大姑娘。」

鍾泰打量她，見她始終低著頭，沒有要求他的意思，他笑了笑。

「放她過去。」

手下這才放下劍鞘。

菁兒立即往前走，連句道謝都沒有。

鍾泰不以為意，美人不亢不卑，挺有個性，很好。

菁兒終於來到虞巧巧身旁，伸手拉了拉她的衣袖。

虞巧巧回頭，見她過來，神情有些異樣，她正要問菁兒是否有事，眼角瞥見菁兒身旁多了一個人。

主僕兩人相處多年，默契毋須言語，虞巧巧瞥了鍾泰一眼，又對上菁兒的目光，心裡便有了數。

遮住醜斑的菁兒確實是個美人，紅色嫁衣又將她的容顏襯托得更加出色，難怪會被盯上。

可菁兒一臉防備，看來是不喜的。

「可否借個水？」虞巧巧笑著問鍾泰。

嫂子跟他開口，鍾泰立即爽快地答應，畢竟如果想將人家收房，得向嫂子要人才行。

鍾泰對菁兒的興趣，表現得很明顯，為了避免夜長夢多，虞巧巧決定掐死他那剛剛才生起的慾望火苗。

接過鍾泰遞來的水壺，虞巧巧拿出巾帕遞給菁兒。「瞧妳，都出汗了，把臉擦一擦吧。」

菁兒立即明白。「是，大姑娘。」

她沾濕巾帕往臉上擦拭，隨著一層又一層地擦，臉上的醜斑也漸漸現出原形。

鍾泰也不好一直盯著人家看，因此轉頭看向另一邊，待感覺身旁女子已經拭淨了臉面，便又悄悄瞄了一眼。

這一瞄，他不禁僵住了。

一塊暗紅色斑紋占據了左半邊的臉蛋，將一張精緻的容顏生生毀了。

虞巧巧手捧著菁兒的臉，左右打量一番，甚為滿意地笑道：「我家菁兒還是不施脂粉才好看。」

「……」鍾泰眼角抖了抖，突然感到有些心酸，他想起來了，嫂子身邊有一名醜婢……

之後，菁兒再也感覺不到身上有灼人的視線，不禁鬆了口氣。

虞巧巧知道這一批淫賊將被六扇門押回大牢，這筆生意算是飛了，況且在確定淫賊不止一人而是一群人後，她就打算放棄了。

她做的是刺客生意，刺殺目標頂多一人，殺死便完成任務，但要她殲滅一整個組織，那就是血洗，她不願，即便對方是可恨的惡人，她也不願。

此地無須久留，她打算先告辭，便向于飛表達了離開的意思。

「不可。」于飛嚴肅道：「淫賊同夥尚在逃，且為數眾多，妳們女子二人不可單獨離開。」

虞巧巧點頭。「我明白，既如此，我們兩人就先留下跟著你們，但我的兩名轎夫……」被六扇門留下的人除了淫賊，還有她的人。

阿誠、阿立已經帶人撤退，但兩名轎夫還在六扇門手上。

「放心，我知道他倆是妳的人，已交代鍾泰放他們二人回去。」

虞巧巧聞言暗暗鬆了口氣，面上笑著對他道：「多謝。」

于飛突然伸手，將她垂落在耳邊的髮絲順到耳後，這動作太突然，也太自然，虞巧巧一時來不及反應。

為她整理好髮絲後，他收回手，對她道：「咱倆是什麼關係？別跟我客氣，妳的人，我當然要照應了。」說完，便很自然地走向手下交代事情，接著又囑咐鍾泰，要他仔細看著這些淫賊，必須全部押回去，不能有任何閃失。

虞巧巧看著他的背影，瞇起一雙美眸。

雖然他的動作做得自然又大方，但虞巧巧算是活過兩世的人，對男人的了解比古代女人強太多了。

于飛適才這一手……好傢伙，他在撩她呢。

這男人對她有慾望。

于飛交代完事情後，便讓人牽了兩匹馬過來。

「我已經交代鍾泰負責看守，等官府的人來將這批淫賊全押送回去，妳們二人先跟我回鎮上。」

虞巧巧點頭，嘴角笑出了甜意。「那就麻煩你帶我們回鎮上了。」

「今晚我們宿在鎮上的客棧，妳們可以好好休息。」

「謝謝。」她笑得更甜了。

于飛也微笑，看著她領著菁兒上馬，兩人共乘一匹。雖然菁兒也會騎馬，但考慮到她不會武功，最好不要單獨騎馬，由虞巧巧先護著較好。

待二女都上了馬，于飛才扯動韁繩。「跟著我。」

他騎馬先奔了出去，虞巧巧一夾馬腹，隨後跟上。

菁兒坐在她前面，兩人貼近，很方便說悄悄話。

「大姑娘，咱們的人……」

「放心，不會有事。」虞巧巧安撫道。

本來她自己也很擔心，可是當她發現于飛對她有慾望時，她就不擔心自己的人有沒有被抓了。

若被抓到，大不了她就說那是她莊子上的人，她早說過她是來懲奸除惡的，因為淫賊狡猾，行蹤成謎，怕對方跑了，因此才讓己方帶多一點人來圍攻。

倘若于飛問她為何一開始沒說，她就耍賴找藉口。

反正嘴巴長在她臉上，她要怎麼說就怎麼說，大不了……大不了她用美色嘍。

誰能想到只是抓個淫賊，又扯上六扇門？

她只希望她的人能夠跑快點，千萬別被抓到，若是被抓了就一口咬定他們是來伸張正義、為天下百姓除害的。

這也是虞巧巧為何決定暫時先跟著于飛的原因，便是顧慮到這一層。

可她不知，于飛打的是另一個主意。

他要抓黑無崖。

黑無崖在朝廷的通緝榜上有名，他當初主動向上頭請示，接下抓捕黑無崖的任務，裡面有很大的原因是為了她，虞巧巧。

否則，他大可把抓捕黑無崖的機會讓給薛凌東他們。

既然知道了她是黑岩派的刺客，為了護她，他便親自接手這件案子。

三日前，他收到探子回報，打聽出有人出了高額賞金要淫賊的人頭，他便猜到黑岩派可能會出馬，而巧巧也會參與其中。

他立即改變計劃，暫時擱下彭知府的案子，帶著鍾泰等人先鎖定淫賊，想將黑岩派的刺客一網打盡。

黑無崖行蹤飄忽，經常神龍見首不見尾，他數度打聽，始終查不到關於這男人的任何線索。

適才那聲撤退的響炮，必是黑無崖放的。

于飛沒告訴虞巧巧的是，他帶來的手下不只她瞧見的那些，她沒瞧見的另一批手下埋伏在另一處，就等著黑無崖自投羅網。

這便是名副其實的螳螂捕蟬，黃雀在後。

淫賊能不能盡數一網打盡，他根本不在意，因為他的目標自始至終就只有黑無崖一人。

不過在抓捕黑無崖之前，他得先把他的妻子分出來，免得傷到她。

朝廷要的是大魚，至於魚網裡的一些小魚，放走幾隻，無傷大雅，他有把握可以讓她置身事外。

待滅了黑岩派，她也不必再當刺客了，便能好好地做他的妻子。

兩匹馬一前一後奔馳著，兩人各懷著不同的心思。

傍晚前，于飛領著二人來到鎮上的客棧。

他早就包下了客棧最大的廂房。

「妳們住隔壁。」他指向天字二號房，而他自己則是天字一號房。

虞巧巧從他手中接過鑰匙，笑道：「謝了。」便領著菁兒一同進屋。

房間很大，有花廳和內房，她可以睡內房，菁兒則睡在花廳的榻上。
房內有單獨的浴房，不必與人共用，內房外是陽臺，陽臺外便是水塘。
她站在陽臺上朝隔壁看去，陽臺之間隔著一段距離，可以防一般人，但防不了有武功的人。
以于飛的輕功，要跳過來輕而易舉。
「大姑娘，浴房備有熱水、淨身用具和衣物，一應俱全呢。」
虞巧巧聞言，便轉身去浴房看看，發現真如菁兒所言，從換洗衣物到淨身的工具，全都準備得十分完善。
而且……都是女子用的。
虞巧巧沒有驚喜，反倒瞇細了眼，對眼前的事物起了警戒。
她伸手拿起那件女子罩衫，再瞧瞧那帶著清香的皂角，以及林林總總女子用的器物，諸如梳子、繡花的髮結、粉色的巾子等等。
在她們來之前，這些東西都準備好了，擺明了這間房就是準備好給女子用的。
菁兒見虞巧巧沈默，疑惑地開口。「大姑娘？」
虞巧巧看了她一眼，笑道：「沒事，咱們洗浴吧。」

「菁兒伺候大姑娘。」

「不必，妳把這身嫁衣脫了吧，咱們一起洗，反正這浴池夠大，正好讓咱們泡個澡，養足精神。」

菁兒聞言，也不拒絕，她知道大姑娘既然開口就是決定了，不會跟人囉嗦，也不喜浪費口舌。

「是。」菁兒走去一旁卸下身上的嫁衣。

虞巧巧很快地脫下身上的衣物，沖了個澡後，便踏進浴池。

雖然大姑娘說不必伺候，但菁兒見大姑娘閉目養神，她便自發地去幫大姑娘按摩肩頸和手臂。

虞巧巧雖然閉目，其實是在思考。

于飛事先備好了這間專給女子用的廂房，不太尋常。

難不成，他知道她會來？

不，不可能，他若知道她是刺客，又怎麼會娶她？

虞巧巧覺得于飛不可能冒這個風險，做出這種莫名其妙的決定。

六扇門捕快娶刺客，怎麼想都覺得太誇張，她不相信他會做出這種事，因此，她朝另一個方向去猜測。

他可能在外面有女人。

一個男人二十幾歲了還未娶妻，以古代標準來看，已經屬於晚婚了。

他沒娶妻，也沒納妾，那日成親時她看了一圈，沒見到漂亮的美婢，所以他應該沒有通房。

大多數男人都有需要抒發的時候，若不找女人，就得自己用雙手解決。

他的工作風險性高，長期處在緊繃狀態，更需要抒發，以他的性子來看，他對性關係的要求應該頗高，因此不會想與人共用女子……

包養一個美人專門供他使用，那就合理了。

想到此，虞巧巧嘲諷地勾勾唇。

男人那種事，她太明白了，只不過今天才想到而已。

她既然與他結為假夫妻，又不想與他同床，就不能去限制他的抒發自由。

只不過在猜到他可能另外有女人時，心裡還是不怎麼舒服。

不過，這種不舒服也只有一、兩秒而已，她很快就釋然了。

他想找誰睡，與她何干？

況且他有抒發管道，她更放心了，因為這樣，若有必要時，她就可以大大方方地去撩他而不必負責了。

第十四章

虞巧巧還真是冤枉了于飛，屋裡一應女子用品和衣物，其實全是于飛派人事先購置的。

淫賊是黑無崖的目標，那一聲響炮是示警撤退。

于飛當時就決定要把她帶走，目的是避免洩漏她是刺客的身分，見她似乎也無意離開，想探聽消息，他便將計就計。

他事先派人回來通知客棧掌櫃安排一間女子用的房間，這房間必須在他隔壁。

客棧掌櫃辦事迅速，更何況這是六扇門于爺交代的，哪裡敢耽擱。

于飛不知道自己這份心思到了虞巧巧這兒，成了外頭有小三的嫌疑。

當虞巧巧與菁兒在泡澡時，于飛在隔壁與鍾泰、石錦等人密議。

「如何？」

「跑了。」

「一個都沒抓到？」

「這批賊可真會躲，咱們的人一聽到響炮就去追，他們兩三下就不見人影。」

鍾泰和石錦當時各帶了一批人馬，鍾泰負責救美人和抓淫賊，石錦的人馬則是聽到響炮示警，便立即帶人去搜，可惜他只遠遠瞧見那一群鬼祟的黑衣人，他們分散逃跑，讓石錦的人無法用包抄的方式圍堵。

「那批人跟淫賊不像是一夥的。」石錦說道，他和鍾泰都是于飛身邊最得力的合作夥伴，辦案多年，對人的敏銳度很高。

當然不是一夥的，那些黑衣人是刺客。

可惜，石錦沒攔截到人。

于飛非常了解石錦的能耐，如果石錦連一個都抓不到，代表那群人確實很會躲。

問題是，刺客既然是來刺殺目標的，因何突然撤退？

于飛記得，當時他們抓淫賊是無聲無息地抓，刺客如何及時知道他們的存在？

答案只有一個，那聲響炮是他的妻子施放的，而通知她的人則是她的婢女菁兒。

于飛的食指在案上敲了敲，聽著鍾泰和石錦的彙報，他嘴角微勾，笑意卻沒到達眼底。

「咱們拷問過所有淫賊，他們的人數就那些，依我看，那些黑衣人應該是刺客。」

石錦道。

于飛垂下眼。「是不是刺客再說，他瞧見咱們的人立即撤退，可以想見是不願阻礙咱們辦案，這批淫賊作惡多端，江湖上想殺他們的人很多。」說到此，他啼笑皆非地補充。「別說刺客了，就連你們嫂子也想抓淫賊呢。」

說到這裡，鍾泰和石錦都笑了，于飛也笑，他將兩人的表情看在眼裡，知道他們並沒有把虞巧巧和刺客聯想在一起。

三人又討論一會兒，便各自回屋歇息。

于飛也出了屋，來到隔壁，在門板上敲了敲。

過了一會兒，門內的人應聲。

「誰？」

「是我。」

「菁兒，把門打開。」

「可您尚未打理好……」

「沒關係，讓姑爺進來吧。」

于飛挑眉，在門外等了片刻，過沒多久，門打開，于飛一腳踏入，菁兒匆匆關上門，越過他，又匆匆往內屋走去。

于飛跟著往內走，掀開珠簾，就瞧見臥在榻上的……慵懶美人。

菁兒也上了榻，跪在虞巧巧身後繼續用布巾幫她擦乾頭髮。

古代沒有吹風機，只能把頭髮晾乾或擦乾。

虞巧巧勤於練武，但對於擦頭髮這種事不甚耐煩，這時候就能感受到菁兒的好處。

菁兒手巧，伺候人很有一套，她出門在外就喜歡帶著菁兒。

此時她只穿了一件罩衫裹住身子，盤起雙腿坐在榻上。

于飛發現，她的罩衫形式很不一樣，兩隻寬袖，胸前對襟交叉後用一條腰帶繫住，罩衫僅長及膝蓋，下頭穿了件寬鬆的褲子。

這件罩衫是素色的，沒有繡上任何花樣和圖案，褲子也是。

整件樣式看起來……很隨意，穿在她身上，給人一種奇妙的舒適感。

于飛不禁多打量了幾眼。

其實上回他在她莊子的閨房時，就已經發現了。

她屋裡的家具似乎都跟一般人不一樣，不是多華貴，但有一種簡潔俐落的感覺，上面沒有太多的花紋和裝飾，甚至連雕工都沒有。

花樣越精緻就越華貴，只有窮苦人家的百姓才會用素色，可她用的素色不會給人廉價的感覺，相對的，那些木頭家具擺在一起，有一種說不出的平衡。

于飛還真的說對了，其實不只是他，任何人只要進了虞巧巧的臥房，都會和他有相同的感覺。

虞巧巧的臥房完全按照現代美感去布置，她找來木匠，將自己的構想告訴對方，打造出融合日式與西式的美學風格，採用沈穩又寧靜的木質色調，功能完全以便利為主。

她雖身在古代，可是她的臥房讓她可以享受到現代的便利，浴房甚至還用竹子做了水管，直接連到露天浴房的水池邊呢。

這就是為何虞巧巧當初聽到于飛在她臥房裡，她會那麼火大的原因。

臥房是她來自現代的思念，雖然穿來古代生活了十年，但她依然習慣用現代的家具，包括她身上這件兼具休閒的睡袍，一開始菁兒也覺得奇怪，但她是忠於主人的婢女，虞巧巧喜歡的，她便不反對，甚至後來她也習慣了那些色系簡潔的木製家具，看著就很舒服。

基本上虞巧巧沒有什麼男女大防，她回到屋裡洗完澡就是要放鬆，所以她穿著自己找人縫製的睡袍和休閒褲，隨興地坐在床榻上，讓菁兒幫她擦乾頭髮，而且她的頭上還夾了一個木製的大髮夾。

她的頭髮細軟而濃密，菁兒需要一層層地擦拭，這時候她找木匠製作的髮夾就好用了，將上層的頭髮用髮夾固定，方便菁兒擦拭靠近頸部的青絲。

于飛進來時，看到的就是這一幅畫面。

穿著隨意，坐姿隨意，一頭剛洗好的亂髮也很隨意，她整個人透著一股輕鬆自在的愜意，甚至對他的到來一點也不覺得拘束或尷尬。

當然，她若尷尬，就不會隨口答應他進來了。

于飛發現他娶的這個妻子不只潑辣，還很豪爽，在他面前，她完全沒有女兒家的羞怯，他甚至在她臉上看不到任何不自在。

「坐啊，那邊有茶，自己倒。」虞巧巧指了指茶几上的茶壺，那茶是剛泡好的。

于飛勾起唇角，走到案前，為自己倒了杯茶。

他啜了一口，目光又看向她。

他行走江湖，也見過不少豪爽不羈的女子，但那些女子的不拘小節只表現在舉手投足上，若是逾越了男女之禮，便給人放浪的形象。因此不管再如何豪邁大氣，有些男女大防，那些女子絕對不會逾越，因為逾越了就是放蕩，為人所不恥。

但是虞巧巧的不拘小節與一般女子不太一樣，彷彿融入在舉手投足中，好似與生俱來，她一直就是這麼過日子的。

虞家兩老都是普通百姓，對子女的教導方式並無特別之處，這樣的虞家如何教出這樣大膽的女兒？膽子大到去當刺客？

于飛百思不得其解，有時候他甚至覺得虞巧巧不像是虞家的女兒，但這又不可能。六扇門查一個人會將其祖宗八代都挖出來，虞巧巧確實是虞家姑娘。

于飛的這些觀察和想法只花了幾息，虞巧巧覺得頭髮擦得差不多了，便讓菁兒將她的長髮全部放下來，披散在背後，讓菁兒用梳子梳理一頭長髮。

「找我有事？」

她長髮披散，一頭烏絲柔和了女性的線條，臉蛋染上出浴後的紅暈，不同於平日的刁鑽潑辣，此時的她有一種誘人的嬌媚。

在現代，這叫性感。

于飛突然覺得有點熱，他暗暗壓下腹中那股潮流湧動，平靜地道：「確實有事，我本想送妳回去，但我有差事在身，耽誤不得，而淫賊尚有漏網之魚，若讓妳自己回去，我無法放心，因此我想問妳，是否願意隨我一同北上？」

虞巧巧倒是很訝異他會向自己提出這個邀請，但隨即想想，他會提出這個邀請也很正常。

她在于飛眼中瞧見這男人對自己的興趣，況且她也想從六扇門那裡知道更多消息。

他拋出的橄欖枝，她是接，還是不接？

「你是去辦大事，帶著我恐怕會給你添麻煩。」

「不麻煩，只是路上騎馬奔波，怕妳吃不了苦。」

喲？這句話有點激將法喔。

虞巧巧眼珠子轉了轉，最後看向他，他正微笑等待她的答覆。

「行，我跟你北上。」

于飛目光晶亮，嘴角笑意加深。

「那好，今晚好好休息，明日一早出發。」

目的達到，于飛也不再多說，轉身走出房間。

待他離開，菁兒正要開口，卻被虞巧巧無聲制止。

人才剛離開呢，怎麼也得等一會兒，畢竟有功夫在身的高人耳聰目明，她怕菁兒問出不該問的內容，被于飛聽到。

等了一會兒，虞巧巧覺得差不多了，示意菁兒把臉靠近，壓低聲音說話。

「大姑娘，您在勾引姑爺嗎？」

「……什麼勾引，我與他是夫妻呢。」

「大姑娘只穿睡袍，又露出脖子，嗓音比平日還嬌嫩。」

虞巧巧橫了她一眼，一隻手臂勾住菁兒的脖子，另一隻手掐住她的頸子。

「死小孩，心裡有數就好，居然說出來！」

菁兒怕癢，不禁驚呼出聲，急忙求饒。

兩人嬉鬧了一會兒，虞巧巧才親口承認。

「沒錯，我在勾引他，不過更貼切的形容，叫做『撩』。」

「聊？」菁兒納悶。

虞巧巧在她手心上寫字，跟她解說這個字。

「勾引」這個詞太表面，也太膚淺，「撩」這個字含有技術成分，更加曖昧不明。

「是他先撩我的。」虞巧巧可不背這個鍋，如果不是發現于飛對她的興趣，她是不會去招惹他的。

菁兒詫異，她也算是心思敏銳、觀察入微之人，可是她看姑爺就只有看到客氣有禮的微笑，至於其他什麼心思，她是看不出來的。
其實也不是菁兒遲鈍，而是于飛隱藏得好，但他遇到了來自現代、見多識廣的虞巧巧，在男女曖昧那一套上，虞巧巧比于飛了解的更透澈。
菁兒是虞巧巧的貼身丫鬟，因此她是唯一一個知道大姑娘與姑爺沒有洞房的人。
「大姑娘喜歡姑爺？」
「我喜歡他的臉。」虞巧巧得意地說，雖然她和于飛是有條件的結成夫妻，但如果于飛長相不得她眼緣，她也不會嫁的。
說到男人，虞巧巧興致勃勃，想到菁兒也十七歲了，這年紀也該交交男朋友了。
雖然菁兒自認是她的婢女，但虞巧巧其實把她當女兒，因為她在現代的年齡加上穿來古代生活的年數，那歲數都足以當菁兒的媽了。
當媽的都會關心女兒的交友狀況。
「菁兒，梅冷月其實條件不錯，妳要不要考慮看看？」
「不。」菁兒連想都沒想就否決了。
「妳討厭他？」
「不是討不討厭的問題，而是我不想嫁人。」

虞巧巧挑眉，上下打量她。

如果是和離過的女人跟她說不想嫁，虞巧巧相信，但菁兒才幾歲啊？

在現代，十七歲不過是個高三生，正是情竇初開的時期，加上荷爾蒙的影響，這年紀的少男少女應該對異性十分好奇才對，菁兒卻說不想嫁？

她想起菁兒跟著她時，正好是及笄的年紀，十五歲的姑娘走在大街上，頭上戴著帷帽，輕紗遮住臉龐，但沒遮住妙齡少女的身段，遇上幾個地痞故意弄掉她的帷帽，這才露出她的真容。

本以為是個美貌姑娘，結果一瞧見她臉上的醜斑，地痞們都嚇到了，當時連周遭百姓乍見她的真容也都驚呼出聲，紛紛遠離。

虞巧巧就坐在茶樓裡喝茶，正好瞧見這一幕。

時代和環境造就一個人的眼界和度量，在虞巧巧看來，菁兒臉上的斑就像一個女子在臉上刺青一樣，一點也不醜，她反倒很不爽那些地痞的作為。

逛街就逛街，沒事去翻人家帽子做什麼！

虞姑奶奶對人不爽的發洩方式，就是上前去把那些地痞打得滿地找牙，然後拉著一臉驚恐的菁兒，腳底抹油就跑。

兩人一直跑到東巷湖邊一株大樹下，菁兒氣喘吁吁，虞巧巧則躺在草地上哈哈大笑。

菁兒很感激她，也被她的笑容感染，跟著笑了。

兩人交換名字，彼此算是認識了，菁兒說自己是個繡娘，在布莊上幹活。

虞巧巧一聽，立刻來了興致。

繡娘的手都很巧，她想看看菁兒的手藝，菁兒便將自己做的荷包給她看，虞巧巧看到荷包上繡的花鳥，便知是個人才，又見這姑娘身上布衣雖然簡樸，但是乾乾淨淨，舉止也有禮。

虞巧巧會看人，也喜歡用人，便問菁兒願不願意跟著她？菁兒先是一愣，接著靦覥地點頭，於是虞巧巧就多了一個貼身婢女。

試用之後，她更是十分滿意。

她的眼光沒錯，菁兒十分能幹，做事認真仔細，從不偷懶，而且很有sense。

虞巧巧很喜歡菁兒，自然也希望她有個好歸宿，問菁兒為何不想嫁人，菁兒臉上有異，雖然她極力遮掩，但虞巧巧還是看出來了，她回想在遇到菁兒時，她一個女子無依無靠，只靠自己的繡活養活自己，問她是否還有家人，她說都死了。

虞巧巧當時不在意，人家不說，她也不會追根究柢，但現在她把菁兒當自己人，便開始深思菁兒的隱瞞是否有苦衷？

虞巧巧猜測，菁兒肯定有一段不願提及的過去，她得找個時間，讓阿誠和阿立去查一查。

虞巧巧當時只是這麼想著，她沒想到過不了多久，有人會幫她查到。

答應了于飛跟他北上，所以今夜主僕兩人沒有聊得太晚，很早就歇息了。

隔日一早，主僕倆在屋裡用過早膳，踩著出發的時辰下了樓。

一人一馬，于飛早就幫她們備好了。

虞巧巧看向于飛。這兩匹馬跟原先的不一樣。

于飛接收到她詢問的目光，為她解釋。

「這兩匹是北方馬，跑得更快更持久。」

虞巧巧立刻就懂了，原先的馬是在南方養大的馬，馬力沒有北方的好，這次他們要北上，南北氣候、地形差異大，騎北方的馬更能適應北方的環境，效率也更好。

虞巧巧就當作換了一輛跑車，時速可以飆到兩百。

她注意到馬鞍上有六扇門的記號，再瞧瞧那一排排的黑色玄武服。人高馬大，氣勢威武，若是擱在現代，這些男人騎馬出場，大概會引得制服控的女人們尖叫拍照。

虞巧巧也是一身騎馬裝，不過她這人向來走舒適風，這身騎馬裝被她改良過，剪裁十分合身，內裡用的布料也很好，並在板型上做了些微調整。

虞巧巧對服裝很有美感，衣服要穿得好看，就要注意板型是否做得好，例如腰間收一點、肩線位置要拿捏好、領口和袖口多寬，這些小地方都會影響到整體。

這身騎馬裝被她改良後，穿在身上，散發出英倫風格的高雅與英武。

于飛看了她一眼，目光停留了下便移開，向眾人宣布出發。

虞巧巧在心中暗笑，她知道他那一眼中有驚豔。

古代沒有娛樂，又沒有平板和手機，她能找的樂子就是在衣服和使用的物品上花心思，讓自己漂亮、舒服、便利。

現在，她多了一個娛樂，就是去「撩老公」，讓他看得到、吃不著，憋死他！

第十五章

他們一行人在傍晚前到達驛站。

一路上十分順利，因為六扇門的服飾就是一個安全的招牌。

早有驛站衙差候在大門迎接，所有人都下了馬，衙差趕緊接過韁繩，把馬牽去馬房，管事的衙差則領著于飛等人去各個廂房。

虞巧巧和菁兒照例被分配到于飛隔壁的廂房。

「咱們來打個賭如何？」虞巧巧笑道。

菁兒納悶。「賭什麼？」

「我賭他等會兒會邀我一起用膳。」

先前在客棧，于飛是和其他六扇門捕快一起用飯的，因此菁兒想了想，點點頭。

「好，我賭姑爺跟其他人一起用飯。」

賭注是，如果虞巧巧輸了，給一錠金元寶；如果菁兒輸了，要扣一個月的月銀。

兩人才剛下完賭注，房門就響起敲門聲。

「誰？」

「我。」

是于飛，虞巧巧立刻無聲笑得抽風，對菁兒比手畫腳。看，他找來了。

菁兒急急比出吃飯的動作。還不一定，咱們賭的是邀請用膳。

虞巧巧憋住笑，做了個深呼吸，主動上前開門。

于飛就站在門外，雙手負在身後，一身玄武服沒換，挺拔俊朗，低頭看她，唇角帶笑。

「有事？」

「可要來我屋中一起用膳，順便跟妳說說接下來的路程，以及需要注意的事。」

屋內傳來東西掉落的東西，于飛頓住，朝屋內看了一眼。

虞巧巧笑道：「菁兒累了，手沒力了。」

「不如讓她留在屋裡，我派人單獨送一份吃食給她，咱們倆到我屋中用膳。」

「這……」她故作猶豫。

他低聲說道：「咱們倆分房睡，可以解釋為礙於公務，因此暫時分房休憩，但若是用膳也各吃各的，別人看了會奇怪，畢竟咱們剛成親，新婚燕爾，如此疏離，說不過去。」

意思就是，對外，咱們還是要顧及雙方的面子，別讓人發現咱們是假成親。

虞巧巧的猶豫轉成了諒解。

「行，就去你屋裡用膳吧，我漱洗完再過去。」

「就這麼說定了。」

于飛朝她點個頭，便轉身離開。

門一關上，隔絕了外面的視線，虞巧巧的表情就繃不住地笑得像隻狡猾美麗的狐狸。

想製造機會撩她呢，卻又說著冠冕堂皇的理由，或許于飛在辦案方面是一等一，但對於男女情事，虞巧巧比他厲害。

回到內房，瞧見菁兒的苦瓜臉，虞巧巧更是噗哧笑出聲來。

菁兒輸了一個月的月銀，心正痛著呢。

「哎呀呀，好險妳遇到的是我，不然出去跟別人賭，妳遲早輸到身上一件肚兜都不剩。」

菁兒一臉苦相。「大姑娘說要賭，菁兒不能落了您的面子，若是在外，我才不碰賭呢，十賭九輸的道理，我懂得！」

虞巧巧搖搖頭。「瞧妳這可憐的樣子，看得我都不忍心了，算了算了，不要妳的月銀了。」

菁兒猛然抬起頭，背打直。「不行，願賭服輸，輸了就是輸了。」

虞巧巧挑眉。「真的不要月銀了？」

菁兒用力嗯了一聲，一副忍辱負重、慷慨就義的模樣，看得虞巧巧忍不住打她。

「少給我裝！想笑就笑，再裝就真的沒收妳的月銀！」

菁兒連忙抱住她。「多謝大姑娘海涵，您的大恩大德，菁兒沒齒難忘！」

就如同虞巧巧了解她，菁兒也了解虞巧巧，大姑娘才捨不得沒收她的月銀呢，大姑娘最大的優點就是「非常大方」，從來不在銀錢上虧待她的人。

兩人嬉笑打鬧一番後，虞巧巧想洗去一身奔波的風塵，菁兒便麻利地去幫她打理了。

在菁兒的伺候下，虞巧巧洗了個舒服的澡，因為受邀去于飛屋裡用膳，就不適合穿睡袍赴約了。

她換上寬鬆的外罩式連身長裙，這也是經過改良的款式，因為她不喜歡古代女子穿衣時一層又一層的穿法，加上束腰，把自己綁成了粽子，因此她花最貴的錢、買最好的衣料、找最好的繡娘，幫自己量身打造兼具休閒和外出功能的「一件式連衣裙」。

從外面看衣襟，會以為除了外衣，裡頭還有一層內裡，但其實只是在衣領滾邊縫上內裡，看起來好像有兩層，其實只有一層。

為此菁兒曾經唸過她，哪有女子穿這種衣裙的，但虞巧巧覺得古代穿衣習俗太繁複了，她想要簡單一點。

除了透氣，她的設計還有暗袋，可以藏些防身的兵器而不被人看出來。

她也不想梳髻，今天白天在外頭，為了符合古代女子形象，她都梳最簡單的髻，但還是嫌麻煩，梳一整天的髻，頭皮都疼了。

她將一頭長髮梳在腦後，簡單綁了個馬尾，就去隔壁「赴約」。

她在門上敲了敲，等候多時的于飛在打開門的那一刻便愣住了。

宛若一股清新撲鼻而來，剛洗好澡的美人神清氣爽，而她簡潔的打扮，令他看了就移不開眼。

虞巧巧歪頭看著他。「飯還沒好嗎？我來早了？」

于飛退到一邊，讓出路給她。「請。」

她微笑走進屋，桌上已經備好四菜一湯，還有一壺酒，碗筷也都擺好了。

虞巧巧心想，就差沒放上蠟燭和鮮花，不然就是燭光晚餐了。

她挑了左邊的位子坐下，于飛也入座。

「驛站的菜色沒有飯館的好，就是吃飽而已，別嫌棄。」

虞巧巧微笑。「無所謂，出門在外，一切從簡，我也不是那種大門不出、二門不邁的閨秀，喜歡跑江湖，見世面，才會住在莊子上，這一點，相信你也看出來了。」

他笑。「江湖兒女，不拘小節，妳的性子我明白，只是岳父和岳母似乎不知妳的莊子。」

呵，開始探口風了。

「那座莊子是我的私產，我爹娘確實不知。」

于飛點頭。「原來如此。」話問到這裡，他便沒再繼續問了。

一個女人說莊子是她的私產，還瞞著自家爹娘，他難道就不覺得奇怪，她這莊子是如何建立起來，銀錢又是從哪來的？

她知道他是以退為進，故意不問的。

既然他不問，那她也不回答。

虞巧巧吃了一口肉，喝了一小杯酒，肉很美味，酒也很香，其實一點也不比飯館差，明明就是精心準備來討好她的。

「好酒！」她讚了一聲。

他笑。「這瓶酒是我帶來的，就知道妳喜歡。」

「哦？這是什麼酒？」

「我私藏的，我經常到各地辦差，有空時就尋訪各地好酒，買回去私藏，出遠門時就帶一葫蘆在身，偶爾小酌，放鬆放鬆。」

「原來如此，我這是托了你的口福呢。」

她喝了酒，臉蛋染上緋紅，明媚如牡丹。

于飛又往她的空杯裡斟酒。「喜歡就喝，一人飲酒沒意思，如今有妳作陪，這酒喝起來就有意思了。」

他舉起酒杯要與她乾杯，用的是小酒杯，一口就能飲盡。

上回兩人洞房花燭夜時就已經拚過酒了，兩人對彼此的酒量都心裡有數，虞巧巧相信他不會笨得想用酒來灌醉她，也相信他雖然對自己有意思，但不至於藉酒來占她便宜。

若他有此色心，那麼她會覺得他水準太低。

酒過三巡，也該進入正題了。

「對了，你邀我一起用膳，不是要跟我說說之後的路程？」

「正是此意，本來我出這趟遠門辦差，不該拉妳進來，但……」于飛突然一臉正色。「沒想到妳會跑來抓淫賊。」

後面的話不用他說明，彼此都知道，若不是他，菁兒這個餌就白當了。

虞巧巧立即低頭，露出慚愧的表情。「是我太自不量力了，本想仗義執劍，替天行道，哪知道淫賊狡猾，原來不止一人。」她做出一臉後怕的樣子，彷彿做錯事的小孩，愧疚地看著他。

原本潑辣強硬的女人突然示弱，美眸還小心翼翼地瞟他，這種反差特別可愛，她就是故意的。

「但沒想到你居然出現了，太不可思議了，你不覺得這是天意嗎？」

她神情一改，從一臉愧疚轉成了俏皮，還對他眨眨眼，把一件糟糕的事硬要說成一件美事，藉此模糊掉自己的錯誤，分明像個做錯事的小孩在努力轉移大人的注意力，告訴大人，不要抓我的錯喔，擦掉擦掉。

這種孩子氣的行為在美人身上瞧見，既可愛又逗人發笑。

對，她就是故意的，撩人最高境界就是，讓你瞧見我的嬌、我的俏、我的尷尬和我的賴皮。

于飛繃著臉，終究嘆了口氣，無奈地搖搖頭。「妳啊……」一副拿她沒轍的樣子，語氣中流露著眷寵。

人前肅冷威武的大丈夫，私底下露出無奈的一面，這叫鐵漢柔情，性感得要命，這男人也是個撩人的高手。

跟她玩曖昧？如果她真是知識封閉的古代女人，肯定被他勾走。可是算他倒楣，她不是。

她拿過酒壺，殷勤地幫他倒酒。

「事情過去就算了，來，喝酒喝酒！」

他無奈地看她，她則一副小媳婦的表情，兩人之間的距離無形中拉近不少，氣氛也從客氣疏離變得更加熱絡而隨意。

「對了，你不是要跟我說說這次北上的路程嗎？」這刻意提醒的態度分明是想轉移他的注意力，怕他抓她的錯處。

于飛笑了笑，便順她的意跟她說。

「上回離開時，我說過要去查彭知府。」

她附和地點頭，一副很有興趣聽的樣子。

他頓了頓，又繼續道：「彭知府貪得無厭，我們懷疑他背後的人，於是大夥兒分批去查，結果查出了淫賊花豹。」

虞巧巧驚訝，原本要挾菜的筷子往桌上一擱。

「彭知府與淫賊有勾結？」

「沒有，只是查他時，探子碰巧查出了淫賊花豹的消息，因此咱們才會決定先抓花豹。」

她瞪眼，知道他故意把事情說成這樣讓人誤解，既然他故意逗她，她當然要捧場了，所以美眸怒瞪，還噘著嘴。

于飛打趣道：「所以妳說這是天意，確實沒錯。」

她不依地打了他一下，反倒被他快手抓了個結實，大掌包覆她的手，兩人第一次的肌膚接觸。

她頓住，想收回手，但他沒放，她做出一副想罵人的嗔怒樣來掩飾自己的不自在，但又怕被人聽到，不得不壓低聲量。

「彭知府是否有靠山？快說！」嗔怒的美眸特別媚。

于飛捏了捏掌心裡的柔荑，也學她壓低音量，同時把臉靠近。

「他確實有靠山，這靠山大有來頭，咱們還真動不得。」

虞巧巧驚訝，臉現好奇，等著他宣布答案。

「此事機密，不能說。」

她瞪圓了眼，用眼神控訴，你要我啊！

他失笑。「真不能說，我只能告訴妳，那靠山是真的大，一個不小心惹上了會沒命的。」

嘴上說不能講，可話裡已經暗示了對方的來歷，縮小了範圍。

六扇門相當於中央情報局，直接聽命於中央，各大小官見了都要禮遇三分，不敢招惹的或是能招惹的，肯定也來自於中央。

這樣一推理，她就大約知道了。

「皇家的人……」

大掌握緊她的手，男人的目光變得嚴肅，帶著制止之意，她看了非但不怕，反倒壞壞地笑了。

「我猜對了。」她笑得很得意。

于飛又重重嘆了一口氣，一副不知該拿她如何是好的無奈樣，把她逗得更樂了。

她心想，男女之間的化學變化讓溫度有些升高了，得降降溫才行。

趁他不備，她抽回手。「不說就不說，我還不想聽呢。」她拿起筷子挾肉吃飯。

空了的大掌悄悄收拳，回憶適才的觸感和溫度，他也懂得適可而止，太急了反倒壞事。

「所以這一路上咱們可不是去玩的，得防著對方。」

她頓住。「你的意思是說……對方會對你們動手？」

于飛眼中有笑，就知道她聰明，能聽懂言下之意。

「連軍糧都敢盜賣了，還有什麼事不敢做的？誰拆他的牆，他就做掉誰，為此，好幾名清官都沒了，他們能隻手遮天，所以無法無天，咱們六扇門若是狼，對方就是一頭虎。」

虞巧巧咬著筷子，眉頭微擰，一臉深思。

她相信于飛沒有誇大，六扇門能查出來的肯定八九不離十，若那彭知府的背後靠山是皇家人，這筆生意就不能接了。

真倒楣，先是丟了淫賊的生意，接著又要失去彭知府的生意。

她這次出馬，竟是兩頭空！

既然如此，那自己還有必要跟他北上嗎？

當她正猶豫要不要提出回家的打算時，于飛突然道：「彭知府背後的靠山雖然不好惹，但咱們也不見得要出手。」

虞巧巧抬眼看他，見他唇角微揚，似乎另有一計，她心中一動。

「你要借刀殺人？」

于飛意外，接著笑意加深，目光也深了幾許。

「夫人聰慧。」他是真的欣喜，跟聰明人說話就是愉快，他很高興娶了個聰慧的女人做妻子。

虞巧巧內心卻暗暗警惕，真是個狡詐的男人，懂得審時度勢，不能正面迎敵時便化明為暗，找人當替死鬼，看來是個狠角色，難怪能進六扇門當差。

不過話說回來，若不夠狠，又怎能進六扇門？就拿現代情報局的特務員來說，一個個也都是心機狡詐、手段毒辣，才能跟那些國際大毒梟鬥智鬥狠。

不管如何，虞巧巧成功被他引出了興致，本來想回莊子，現在又改變了心意。

「你要借哪把刀？」見他笑得神秘，她便恍悟，哼了一聲。「又是機密不能說？哼，小氣！」

他失笑搖頭。「我職責在身，確實不能說，不過妳跟著我，總有機會知道的，到時候便是妳自己發現的，與我無關，責任便不在我了。」

她聽了，笑得燦爛，也就是說，他不說，但沒阻止她親自去看。

呵，這傢伙還真懂得過日子兼討好她，工作、把妹兩兼顧。

吃也吃飽了，撩也撩完了，想打聽的消息也聽完了，虞巧巧站起身，朝他笑道：「謝謝你的邀請，我該回屋了。」

于飛也站起身，深深地看著她。

「妳……」只說了一個字，卻遲遲沒有下文。

「嗯？」虞巧巧微微歪著頭，一雙美眸納悶地瞅著他，目光清澈，完全沒有任何遐思。

他看了她一會兒，便笑道：「沒事，妳今晚好好休息，明日辰時出發，我會讓人敲板，吃食帶著上路，在路上吃。」

「知道了。」虞巧巧點頭，接著很自然地離席，朝房門走去。

于飛送她到門口，出了房門後，她走向隔壁房，敲了敲門。

菁兒為她開了門，在進屋之前，她側頭朝他看去，他仍在看她。

她笑了笑，收回視線進了屋。

目送妻子的身影入了屋，于飛便招來驛站衙差，將用過的杯盤收拾乾淨。

衙差帶了下人，麻利地將屋子打理乾淨後，又送上一盆熱水和乾淨的布巾讓于飛淨手、漱洗。

漱洗完後，衙差才領著下人將水盆也收拾乾淨。

「大人可還有吩咐？」

「無事，退下吧。」

「是。」

衙差恭敬地退了出去。

窗外夜幕降臨，于飛在屋內點了四盞燭火，隨後拿出一本兵書，坐在燭火旁翻頁閱讀。

三更時，他神色一動，轉頭瞧著窗外，將書合上，吹滅燭火，將窗櫺打開。

不一會兒，一抹黑影飛掠而入。

黑暗中，幽亮的目光轉向于飛的方向。

「大人。」

「可有發現？」

「這幾日屬下形影不離地觀察，並未有人跟蹤，夫人和婢女也沒有對外傳送任何消息。」

這名屬下是于飛的探子，是他在暗中的眼線。

于飛辦大案時，為了盡快破案，除了在六扇門建立起自己的人脈，以及靠他的能力和敏銳的鼻子，還有一個方法，便是暗中培植自己的探子。

這幾年，他廣納人才放在暗處，這些人只為他所用，連鍾泰和石錦那些弟兄們都不知道。

他將其中一名女探子放在虞巧巧附近，監視她的一舉一動，目的是抓黑無崖。

因為他認為黑無崖會跟虞巧巧聯絡。

這事得瞞著六扇門其他弟兄，所以他只用自己的密探。

他沈吟一會兒，命令道：「繼續暗中監視。」

「是。」

他相信抓住虞巧巧這條線，黑無崖遲早會洩漏行蹤。

——未完，待續，請看文創風1287《娘子出任務》下

菱昭 著

朝朝暮暮，
相知相伴

8/6 出版

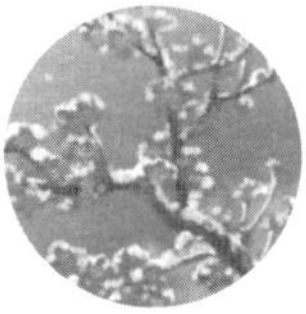

不可能吧？老天爺良心發現了，居然這麼眷顧她嗎？
她重生已經很不可思議了，沒想到連未婚夫也重生了！
原來上輩子他也沒能善終，跟她死在了同一天，
這下可好，有人能一起商量，她不用孤軍奮戰了，
何況她還得知了一個驚世秘密，這回他們的活路更大了吧？

文創風 1280-1282《姑娘這回要使壞》全三冊

身為姑蘇首富唯一的女兒，青梅竹馬的未婚夫裴行昭更是江南首富獨子，
沈雲商本以為自己應該享受榮華富貴，一輩子無憂無慮到老的，
萬萬沒想到，她紅顏薄命，只活到二十歲就香消玉殞，且是被人毒死的！
只因他們招惹來了二皇子那表面仁善、內心狠毒的煞星，
對方以權勢及彼此的家族性命相逼，硬生生威脅他們小倆口退婚，
小竹馬被迫娶了二皇子的親妹妹，成了人人稱羨的駙馬爺，
而她則嫁給了二皇子的摯友，讓京城許多女子心碎嫉妒，
兩樁婚姻，四個被拆散的人都不幸福，唯一開心的只有荷包滿滿的二皇子，
可她至死都沒能明白，二皇子死死拿捏住她，究竟是想從她這裡得到什麼？
她猜是出嫁前母親鄭重傳承給她的半月玉珮，難道……那玉珮有何秘密？
無論如何，幸運重生的她決定了，這回她要盡情使壞，為自己搏一條活路！
這一次不管二皇子怎麼威脅逼迫、使盡下三濫的手段，她都堅決不退婚，
裴行昭生是她的人，死是她的鬼，誰想要他，就得從她的屍體上踏過去，
何況她吃慣了獨食，誰想從她手裡搶，她就是死也要咬下對方一塊肉！
當然，她心裡清楚，胳膊擰不過大腿，所以得找個能讓二皇子忌憚的人！

莫顏著

穿到古代衝事業，
女子也能闖出一片天

8/20
出版

虞巧巧最看不慣欺男霸女的惡人，
尤其這些惡人錢還很多，只要一掏出銀子，有罪都能變無罪，
她的刺客生意專門教訓這種人，懲奸除惡順便賺銀子，一舉兩得！

文創風 1286-1287《娘子出任務》全二冊

虞巧巧身為特勤小組的探員，敢拚敢衝，是國家重點栽培的人才，
她彷彿可以看見前途一片美好，卻因為一次穿越，全部化為泡影！
如果穿成個官府捕快，至少離她的本職沒有太遠，她可以在古代繼續衝事業，
可她穿成了平凡人家的姑娘，每天刺繡做女工，不憋死才怪！
好唄！既來之則安之，那自己「創業」總行了吧？
她靠著俐落的身手和大剌剌的性格，網羅了一票手下，
創立「刺客公司」，專接懲凶罰惡的案子，
管他是紈袴子弟還是市井流氓，只要對方夠壞，你付的銀子夠多，她就接！
於是她有了兩個身分，平時是乖巧的姑娘虞巧巧，
私底下則是刺客公司的頭頭「黑爺」，不論好人壞人聽到這威名都嚇得發抖，
唯有一人例外——笑面虎于飛，他是衙門捕快中的佼佼者，
破了不少大案，也建了不少奇功，
這男人似乎把「黑爺」列為頭號追捕對象，讓她的每個任務都變得棘手起來……

同場加映

文創風 1210-1211《國師的愛徒》全二冊

司徒青染身分高貴，乃大靖的國師，受世人膜拜景仰。
他氣度如仙，威儀冷傲，連皇帝也要敬他三分。
他法力高強，妖魔避他如神，唯獨一個女妖例外……
桃曉燕出身商戶，家裡富得流油，
從現代帶來的經商天分，讓她輕易贏得下一任家主位置！
街頭巷尾無不知曉她能幹，可這樣的她，卻被勞什子國師當成了妖？!

國師的愛徒

文創風 1210～1211

她桃曉燕是誰？她可是集團總裁、是商界的女強人！
當初為了成為接班人，她鬥得你死我活，好不容易爬上總裁的位置，
卻沒想到一場意外，讓她一睜眼就來到古代！
這裡啥都沒有，她一個小女子還得想著先保命，
她想念她的房地產、股票和基金，還想念滑手機的日子啊嗚嗚～～

趣中藏情，歡喜解憂／莫顏

司徒青染身分高貴，乃大靖的國師，受世人膜拜景仰。
他氣度如仙，威儀冷傲，連皇帝也要敬他三分。
他法力高強，妖魔避他如神，唯獨一個女妖例外。
這女妖很奇怪，沒有半點法力，卻不受他的法術控制，
別的妖吃人吸血，她獨愛吃美食甜點，
別的妖見到他就繞道走，她是遇到麻煩盡往他身後躲，
還死皮賴臉喊他師父，逢人便稱想巴結的找她，要報仇的找她師父。
如此囂張厚顏，此妖不收還真不行。
「妳從哪裡來？」司徒青染問。
桃曉燕笑嘻嘻地回答。「我那兒跟你們這裡完全不一樣，高級多了。」
「何謂高級？」
「有網路，有飛機，還有各種科技產品。」
司徒青染冰冷地警告。「說人話。」
桃曉燕立即諂媚討好。「有千里傳音，有飛天祥雲，還有各種神通法寶。」
「那是仙界，妳身分低賤，不可能去。」
「……」誰低賤了，你個死宅男，這種跨界的代溝最討厭了！

為流浪貓狗加油 和貓寶貝 狗寶貝 廝守終生(一定要終生喔！)的幸福機會

對人來說，貓寶貝狗寶貝只是生活的一部分，
但妳（你）對牠們來說，卻是生活的全部，領養前請一定要考慮清楚——

▲ 熱情四射的活力寶貝——米魯

性　　別：男生
品　　種：米克斯
年　　紀：2個月大
個　　性：活潑親人、很好動
健康狀況：白血、愛滋、貓瘟都檢測過關，確認領養才會打第一劑預防針
目前住所：新北市永和區

本期資料來源：陳愛媽

第358期 推薦寵物情人

『米魯』的故事：

今年五月出生的米魯，八月底就滿三個月了。牠是永和愛媽阿嬤進行TNR（誘捕、絕育、放回原地）任務時，意外在車子引擎蓋中發現的，當下救援出來後便編制收留進中途。

好在米魯年紀小，尚未因為在外流浪而磨去純真的性情，不僅沒野性，甚至極親人，幫牠洗澡、除蚤根本兩三下就解決，平時愛在自己的籠子內玩耍，不會隨意往大貓面前湊。某天晚上出來放風時，看見好幾箱的罐頭，竟會忍不住撲上去抓咬，被人阻止也不願罷手，模樣相當軟萌可愛，也可看出吃貨本色。

擁有一身超人般魅力的米魯，在這個夏天即將熱情開鬧啦！負責中途米魯的薛大姊表示，儘管目前詢問度不高，但還是期待可以遇見疼愛牠的爸媽，來電0936626150洽詢絕對耐心解答，因為米魯的喵生新篇章希望就由您開啟！

認養資格：

1. 認養人須年滿27歲，有穩定的經濟能力，居住地限雙北。
2. 必須同意施做門窗基本防護，且願意安排米魯結紮。
3. 須同意簽認養寵物切結書。
4. 須同意送養人日後之追蹤探訪，對待米魯不離不棄。

來信請說明：

a. 個人基本資料：姓名、性別、年齡、家庭狀況、職業與經濟來源等。
b. 想認養米魯的理由。
c. 過去養寵物的經驗，及簡介一下您的飼養環境。
d. 若未來有結婚、懷孕、出國或搬家等計劃，將如何安置米魯？

love.doghouse.com.tw 狗屋誠心企劃

文創風 1286

娘子出任務 上

國家圖書館出版品預行編目資料

娘子出任務 / 莫顏著. --
初版. -- 臺北市 : 狗屋出版社有限公司, 2024.08
冊 ; 公分. --（文創風 ; 1286-1287）
ISBN 978-986-509-549-9（上冊 : 平裝）. --

863.57　　113009729

著作者	莫顏
編輯	王冠之
校對	陳依伶
發行所	狗屋出版社有限公司
地址	台北市104中山區龍江路71巷15號1樓
電話	02-2776-5889～0
發行字號	局版台業字845號
法律顧問	蕭雄淋律師
總經銷	知遠文化事業有限公司
電話	02-2664-8800
初版	2024年8月
國際書碼	ISBN-13　978-986-509-549-9

定價290元

狗屋劃撥帳號：19001626

網址：love.doghouse.com.tw　E-mail：love@doghouse.com.tw